KB062096

불타지 않은

불타지 않은

초판 1쇄 인쇄일 2023년 11월 06일
초판 1쇄 발행일 2023년 11월 13일

지은이 김유림
펴낸이 양옥매
디자인 표지혜
마케팅 송용호
교　정 김민정　인'사이시옷

펴낸곳 도서출판 책과나무
출판등록 제2012-000376
주소 서울특별시 마포구 방울내로 79 이노빌딩 302호
대표전화 02.372.1537　팩스 02.372.1538
이메일 booknamu2007@naver.com
홈페이지 www.booknamu.com
ISBN 979-11-6752-367-9 (03810)

분 노 를 태 우 고 드 러 난 상 처

불타지 않은

김유림 지음

책과나무

주요 등장인물 ◇◇◇◇◇◇◇◇◇◇◇◇◇◇◇◇◇◇◇◇◇◇◇◇◇◇◇◇◇◇◇◇◇◇◇

정석화

|

402호 거주자. 현재는 무협 소설 작가로 활동 중인 작가. 과거에는 전도유망한 기자였다. 바른 아파트로 이사한 후 옆집에서 발생한 화재로 경찰과 대립하기도 한다. 하지만 친구인 김영환의 중재 끝에 범인을 찾기 위해 나름대로 협조한다.

이혁재

|

401호 거주자. 대형 병원의 외과의사. 결혼생활 중 고부갈등이 심해 떠난 부인에 대한 부채감이 있어 아들을 끔찍하게 생각한다. 아들인 이혁의 양육을 전담하는 어머니와 대립하고 있다.

김귀자

|

401호 거주자. 이혁재의 모친. 경제적 능력이 높지 않은 남편 대신 집안의 가장 역할을 했다. 사라진 며느리와의 고부갈등이 심했으며, 이후 손주인 이혁을 지나치게 엄격하게 대한다. 화재로 인해 사망했다.

이혁

|

401호 거주자. 이혁재의 아들이자, 김귀자의 손자이다. 다소 주눅이 들어 있는 모습이지만 아이 특유의 천진한 모습을 가지고 있다.

송아희

|

401호 전 거주자. 3년 전 실종된 이혁재의 전 부인.

김석훈

|

404호 거주자. 암 투병 중에 화재로 인해 사망했다.

박명자

|

404호 거주자. 자식들에게 항상 애틋하고 미안한 마음을 가지고 있다. 자녀들은 그런 어머니를 보며 답답함을 사기도 한다.

김지영

|

404호 거주자. 남부소방서 소방관. 김석훈과 박명자의 딸. 자신의 집이 화재 피해를 입었음에도 자신의 직장에서 묵묵히 일한다. 경찰에 대한 반감이 있다.

김지훈

|

404호 거주자. 학원 강사. 김석훈과 박명자의 아들. 욱하는 성미로 돌발 행동을 종종 한다.

송범준 형사

|

바른 아파트에서 발생한 방화 사건 담당 형사. 경찰이라는 직업에 대해 나름의 자부심도 있고 다소 권위적인 모습을 보이지만 사건을 해결하기 위한 노력을 게을리하지는 않는다.

김영환

|

정석화의 전 직장 동료로 현재는 경찰청 출입기자. 특종에 대한 집착이 심해 때때로 수단을 가리지 않는 모습을 보이기도 하지만 정석화가 곤경에 처했을 때 도움을 주기도 하고, 송범준 형사와 정석화의 관계를 조율하기도 한다.

유종민

|

403호 전 거주자(세입자). 3년 전, 403호 거주 당시 이혁재가 쓰러진 자신의 아내를 응급처지하여 병원에 데려다 준 것에 큰 감사를 느끼고 있다.

김한식

|

403호 집주인. 403호는 작고한 모친에게 물려받아 유종민 등에게 월세를 주었다.

김정희

|

아파트의 화재 사건 이후, 추가 발생한 산책로 방화 사건의 목격자이자 피해자. 송범준 형사가 방화 사건 용의자로 주시하기도 한다. 소심한 성격을 지녔다.

도희영

|

김정희의 전 아내. 김정희의 정신적 문제로 이혼했으나, 전남편을 지지하며 재혼을 준비 중이다. 전남편인 김정희와는 달리 당찬 성격을 지녔다.

차례

프롤로그

날벼락도 이런 날벼락이 없다.

정석화는 분노가 차올랐지만 차분하려 노력했다. 발끈해 봐야 좋을 게 없다는 것을 알기 때문이다.

"글쎄, 난 아니라니까요."

"조사는 정말이지 의례적인 것뿐입니다, 그러니까……."

정석화는 경찰의 형식적인 말에 속지 않았다.

주변의 시선은 매서웠다. 이미 자신이 범인이라고 단정 짓는 사람들 사이에서 정석화는 옆에 앉아있던 사람과의 거리도 멀어졌다. 의례적? 말이 되는 소리를 해야지. 정석화는 가슴이 답답했다.

"아니. 생각 좀 해보라고요. 내가 뭐가 아쉬워서 방화를 저지르겠습니까?"

게다가 그는 이사 온 지 얼마 되지도 않은 상황이다. 어떠한 이해관계도 없는데 방화를 저지를 이유가 없다.

정석화는 이러한 생각을 담아 자신을 둘러싼 한 사람, 한 사람과 시선을 맞추었다. 하지만 그와 눈을 마주하는 이는 없었다.

특히 가족과 재산을 잃은 4층 404호의 미망인은 분노에 온몸을 떨고 있었다. 남편의 죽음으로 비탄에 젖은 미망인의 눈에 정석화는 이미 방화범이었던 것이다.

"그럼, 왜 당신 집만 멀쩡해!"

404호 미망인이 소리치자, 옆에 있던 소방관 딸이 그녀를 말렸다.

"엄마……."

404호 미망인의 떨림은 멈추지 않았다. 그 모습은 몹시 안타까워 주변의 시선이 더더욱 매서워졌다.

"이보세요. 화재에 멀쩡한 집이 내 집밖에 없다는 이유로 범인이라니……, 이게 말이 됩니까? 난 401호 남자랑 같이 있었어요. 알리바이가 확실하다고! 안 그래요?"

정석화가 함께 있던 401호 남자를 쳐다봤다. 하지만 그는 대답하지 않았다.

"이봐요! 당신도 날 의심하는 거야?"

"……그게 아니라 ……."

401호 남자가 말을 얼버무렸다. 하지만 그는 함께 있었음에도 정석화의 알리바이를 증명해주지 않았다. 그 우유부단한 태도에 분노한 정석화가 자리에서 일어나 소리쳤다.

"젠장! 이봐요!"

그러자 경찰들이 401호 의사를 보호하듯 막아섰다.

숫제 범인 취급이었다.

"생각이라는 걸 하라고. 이 인간들아. 난 화재가 날 때 옆집 남자랑 태정 병원 앞 식당에서 밥을 먹고 있었는데, 대체 무슨 수로 불을 지르겠습니까?"

정석화는 당당함을 담은 시선으로 형사를 봤다. 하지만 형사는 의심을 거두지 못했다.

"말이 되는 소리를 해요. 아니 애초에 제대로 된 증거나 가지고 날 범인으로 모는 겁니까? 당신 정말 형사 맞아?"

정석화의 당당한 대응에 사람들은 한발 물러나 눈치만 봤다. 그런데 누군가 자신있게 가능성을 제시했다.

"하지만 당신은 소설가잖습니까? 글을 쓰고자 경험을 해보고자 했다면……."

"하!"

정석화의 헛웃음이 공간을 울렸다.

형사의 얼굴이 붉어졌다.

"하. 어이가 없어서 진짜. 난 무협소설을 쓴다고. 내가 무슨 방화범 잡는 소설 같은 걸 쓰는 줄 알아?"

사람들의 의심은 계속되었다.

"내 소설의 등장인물들은 무술을 한다고. 추리 같은 건, 정말이지 하나도 없다는 말입니다! 당신들 무협소설 한 번도 안 봤어? 난 추리는 써 본 적도 없다고요!"

"그건 모르죠. 이번 사건을 계기로 추리 소설가로 전향할 수도 있고. 그게 아니라면 글이 잘 써지지 않아서 그랬을지도 모르고."

"글쎄, 아니라고요. 난 며칠 전에 마감을 끝냈어요. 책으로

불타지 않은

10권 분량, 꽉꽉 채웠다고!"

소설을 쓴다고 소설에 나올 만한 행동을 한다니. 이게 무슨 터무니없는 의심이란 말인가.

"그리고, 만일 내가 추리소설을 쓴다 칩시다. 그럼 그 안에 있는 강간, 살인, 아동학대…… 뭐, 이런 거 다 해보고 쓰겠어요? 말 같은 소리를 해야지."

정석화는 자신의 눈앞에 있는 사람들을 도저히 이해할 수 없었다.

"이봐요. 죽은 사람들은 정말이지 나랑은 아무런 관계도 없는 타인이에요. 별다른 유감도 없어요. 생각 좀 해봐요. 별다른 원한도 없는 내가 왜 그들을 죽입니까. 그리고 그 사람들이 집에 있을지, 땅으로 꺼졌을지. 내가 어떻게 알고."

게다가 정석화가 생각하기에 의심스러운 이는 따로 있었다.

"무엇보다 의심스러운 건 403호 집주인 아닙니까?"

"뭐요?!"

갑작스러운 불똥에 403호 집주인이 소스라치게 놀랐다.

"아니, 애초에 발화 지점이 403호라면서요. 그럼 당연히 403호 주인이 불을 질렀다고 보는 게 맞는 거 아닙니까?"

"절대 아닙니다. 거기 비워둔 지가 언젠데요. 세입자 나가고 집 정리한 거 외에는 한 번도 간 적 없어요! 의심스러운 건 4층에 사는 사람들이죠. 특히 404호 사람들이요."

"갑자기 그게 무슨……!"

별안간 범인으로 지목받은 404호 여자의 언성이 높아졌다.

동시에 그들의 감정도 격해져 갔다.

"어머니 살아계셨을 때, 들었어요. 아파트 내에 집안싸움으로 소문이 자자하다더만요."

"이보세요! 지금 나나 내 어머니가 아버지를 죽였을 거란 말이에요?"

404호 여자가 정석화에게 다가왔다. 마치 멱살이라도 잡을 기세였다.

"두 분 다 그만두지 못해요!"

사람들은 그들을 말렸다. 갑작스러운 사고에 사람들은 아비규환의 상태였다.

특히 갑자기 범인으로 지목받은 404호 여자의 반응은 본능적이었다. 자신이 의심받는 와중에도 다른 사람을 범인으로 지목한 것이다.

"난 아니거든요? 오히려 의심스러운 건 401호, 당신 아니야?"

"그, 그게 무슨……!"

옆집 남자가 자리에서 일어났다.

"제가 제 어머니를 죽일 이유가 어디에 있습니까?"

"흥. 당신 엄마가 당신 아들을 그렇게 학대하는데……. 이 정도면 범행 동기로는 충분하지 않아요?"

"학대라니!"

401호 남자의 얼굴이 붉어졌다.

"학대가 아니면? 사람을 꼭 때려야만 학대인 줄 알아요?!"

불타지 않은

"뭐라고?!"

"당신 엄마가 그 조그만 애한테 그럽디다. 지 에미를 닮아서 똑같이 내 아들 신세를 조졌다고. 하! 부끄러운 줄 알아야지. 어이가 없어서."

"이 여자가 진짜!"

옆집 남자의 손이 올라갔다. 하지만 차마 때리지는 못하고, 손은 허공에 떠 있었다.

그 모습에 404호 여자가 이죽거렸다.

"때릴 배짱도 없는 주제에!"

서로를 물고 뜯는 모습에 경찰들은 이러지도, 저러지도 못했다.

갑작스러운 화재

천하 통일을 이룬 풍남은 이제 그만 한가하게 지내고 싶었다. 하지만 세상사 마음대로 된다면 어느 누가 걱정을 하고 살까.

중원 무림의 황폐화로 수많은 무인들이 죽음을 맞이했고, 팔대 세가 중 세 곳이 문을 닫았다.

이것뿐인가.

중소 세가들의 3분지 1은 멸문, 남은 3분지 1은 간신히 명맥만을 이었으나 많은 무학이 무실되는 참사를 맞이했다.

겁밥 먹었다는 이들이 이러하니 천민들은 어떠하겠는가.

세가와 관련되지 않은 이들의 피해 또한 막대했다. 이에 풍남은 사재를 털어 구휼 정책을 펼쳤다. 이는 역사서에도 실리게 될 정도로 거대한 업적이었다.

당대의 황제는 풍남을 치하하기 위해 자신의 딸 중 하나인 화륭 황녀를 그에게 하가(下嫁)시켰다. 그들 사이는 좋았고, 슬하에는 4남 1녀의 자녀들을 뒀으며, 그들 모두 역사서에 등장할 정도로 훌륭한 인물이 된다.

불타지 않은

"으아!"

정석화가 기지개를 폈다. 온몸이 삐거덕거리는데도 후련한 느낌. 마감을 경험한 소설가라면 한번쯤 느껴봤을 만한 감정이었다. 그리고 이것은 5년간 4개의 완결 소설을 쓴 정석화에게는 익숙한 것이었다.

하지만 그럼에도 이번 마감은 정석화에게 특별했다. 정확히 말하자면, 유난히도 힘겨웠다. 한 작품을 끝내고 주변 정리를 하는 대다수의 상황과는 달리, 이번에는 작업 중반에 작업실을 옮겼기 때문이다.

"정말이지 속이 다 후련하다."

얼마나 속이 시원한지, 그는 검수도 하지 않고 출판사에 글을 보냈다.

망설임은 없었다.

한 번도 늦어본 적 없는 마감을 2주나 늦춘 탓이었다.

첨부 파일 전송이 완료되었다는 노트북 님의 안내가 나왔고, 그는 자리에서 일어나 냉장고로 향했다. 마감을 끝냈으니 배를 채울 참이었다.

그를 반기는 것이 500㎖짜리 생수 3병과 320㎖짜리 맥주 2캔뿐만 아니었다면 말이다.

어찌나 든 게 없는지, 정석화는 괜히 민망했다. 도시락이라도 좀 사다 둘 걸 그랬나.

사실 그의 냉장고가 늘 이렇게까지 빈약한 건 아니었다. 그러니까, 이건 다 이전에 살던 건물의 건물주 때문이었다.

"조물주 위에 건물주라더니……."

정석화는 일방적인 통보로 2년 계약한 작업실을 불과 3개월 만에 옮기게 된 것을 떠올리자 짜증이 밀려왔다.

덕분에 한 차례 끊어진 의식의 흐름을 잡느라 어찌나 애먹었는지. 지금도 그것만 생각하면 자다가도 벌떡 일어났다.

왜 아니겠는가.

마감이 다가오는 중에 나가라니. 게다가 그 당시 전세는 흔하지 않았다. 그렇다고 월세로 살자니, 다달이 나가는 금액이 부담이었다.

그래서 고민 끝에 대출을 받아 20년 된 투룸 아파트를 샀다. 그리고 방 하나를 작업실로, 또 하나는 침실로 사용할 계획이었다.

무협 소설을 쓰는 정석화는 그럭저럭 꾸준한 수입을 가지고 있지만, 은행은 프리랜서에게 가혹했다.

'아파트 담보대출이고, 2점 몇 프로의 저렴한 대출이니 월세를 내는 것보다는 훨씬 편하다'는 부동산업자의 말은 믿었다.

하지만 프리랜서에겐 유난하게 까다로운 담보대출 과정 때문에 정석화는 많은 속을 끓였다. 대출은 받을 수 있었지만, 이자는 제법 높았다. 그래도 다행이었지만.

정석화가 안도의 한숨을 내쉬며 배달 책자를 살폈다. 그리고 언제나처럼 익숙한 곳에 전화를 걸었다. 자주 이용했다는 것을 방증이라도 하듯, 식당에서는 정석화의 주소를 묻지 않았다.

새삼, 자신의 모습에 자괴감이 들었다. 이제부터는 마감 때

불타지 않은

라도 건강한 식단으로 살아야지, 생각했다. 물론 이루어지지 못할 다짐이라는 건 스스로 잘 알고 있었다.

"며칠이라도 부엌에서 무언가를 해 먹는다는 것에 의의를 두는 거지 뭐."

정석화는 스스로 면죄부를 주며 창문을 열었다.

며칠간 밖은 나가보지도 못하고 마감에 힘을 쏟았다. 흡연도 그 자리에서 했다. 지금 환기를 시킨다고 해서 벽지에 밴 냄새가 금방 빠지지 않겠지만 최소한의 양심이었다. 배달하는 사람이 인상을 찌푸릴 정도는 아니어야겠다는.

20년이 넘은 아파트의 구조상 복도식이고, 창문은 한쪽에만 있었기 때문에 효과는 미미하지만 말이다.

정석화는 현관문을 보며 고민할 수밖에 없었다. 현관문을 열어 두면 창문만 열어놓은 것과는 비교도 되지 않게 빠른 환기가 이루어질 테니까.

"……열까?"

정석화는 한동안 고민을 거듭했다.

이는 이사 당일 겪어 본 옆집 노인네의 오지랖 때문이었다.

그는 아파트가 막 지어졌을 때부터 거주했다는데 옆집에 사는 이에 대한 호기심을 숨기지 않는 사람이었다. 이 때문에 정석화는 지금까지 현관문을 한 번도 열지 않았다. 옆집 노인네가 자신이 사는 곳이 마치 4~50년쯤 함께 산 시골이라도 되는 듯 참견하는 것이 싫기 때문이다.

고민도 잠시. 정석화의 눈에 미닫이 방충문이 들어왔다.

문득 소심한 오기가 치솟았다.

덥거나 환기가 필요할 때를 대비해서 미닫이 방충문도 설치했는데, 내가 왜 옆집 노인네 때문에 문을 열지 말아야 하지?

정석화는 고민을 끝내고 현관을 열었다. 그러자 시원한 바람이 온 집안을 감쌌다. 그가 상쾌해진 집안 공기를 느끼며 담배를 입에 물 때였다.

"어? 우리 할무니가 마악, 집에서 담배 피우는 거 안 된다고 그랬는데."

그를 향해 말을 거는 이는 겨우 다섯 살이 되었음 직한 꼬마였다.

'요즘 애들은 참 맹랑하기도 하지. 요즘 유치원 선생들은 참 힘들겠어.'

정석화의 입꼬리가 파르르 떨렸다. 동시에 속으로 유치원 선생들의 노고를 위로했다.

아이를 좋아하지는 않았지만, 아이 앞에서 노골적으로 담배를 물 만큼 정석화가 무뢰배는 아니다. 게다가 아파트 복도에는 아이 혼자뿐이었다.

'현관문을 열어 개입의 여지를 준 게 잘못이지.'

정석화가 상황을 애써 포장하며 물고 있던 담배를 뺐었다.

"꼬마야. 혼자니? 엄마는?"

"엄마요?"

"어."

대답과 동시에 무릎을 굽혔다. 아이의 눈높이에 맞추기 위해

불타지 않은

서였다. 하지만 그것도 잠시. 정석화는 자신의 행동에 후회를 할 수밖에 없었다. 아이의 눈에 눈물이 고였기 때문이다.

당황한 마음에 정석화는 미닫이 방충문을 열었다.

"어이, 꼬마."

울음을 참는 게 역력했는데, 울지 않으려는 아이의 모습이 애처로워 미간이 찌푸려졌다.

"울지 마라."

아이를 달래본 적 따위 없는 정석화의 말은 투박했다. 몇 번이고 달래보았지만 아이는 울음을 멈추지 않았다. 정석화는 자신이 파렴치한이 된 기분이었다.

아이를 다루는 정석화의 어설픈 태도 때문이었으나, 기실 외동에 미혼인 정석화는 자신의 태도가 아이의 울음을 부추긴다는 것을 알 리 없었다.

덕분에 아이를 달래고 대답을 듣는 데 한참이나 걸렸다. 하지만 안 듣느니만 못했다.

"……엄마는 없어요. ……할머니가 엄마 없다고 했어."

꼼지락거리는 아이의 목소리는 기어들어갈 듯 작았고, 아이의 얼굴은 붉었다.

엄마가 없다는 것을 밝히는 것이 내키지 않는 게 분명한 태도였다.

그 모습에 정석화가 조용히 욕을 뱉었다.

"젠장……."

자신이 뱉은 말이 일명 패드립이었다는 걸 깨달은 탓이다.

"음……. 혁이는 아가라서 아빠가 혁이 앞에서 욕하면 안 된다고 했는데."

아이의 말에 정석화가 조용히 입을 다물었다.

무슨 말을 해야 할지 알 수 없는 상황에 아이의 눈을 피했다. 그러자 정석화의 눈에 들어온 것이 있었다. 사탕이었다.

"사탕 먹을래?"

사탕을 내밀자 아이는 울면서도 손에 그러모았다. 겨우 사탕 하나인데 손이 꽉 찼다. 아이들을 좋아하지는 않았지만, 그 모습은 귀엽게 느껴졌다.

정석화가 아이를 쓰다듬으며 제법 다정한 목소리를 냈다.

"사탕 또 줄까?"

아이는 고개를 끄덕이며 손을 내밀었다. 이미 눈물을 그친 후였다.

세속에 찌든 어른은 눈앞의 녀석이 수지타산을 제법 아는 녀석이라고 감탄하며 손에 쥔 서너 개의 사탕을 내밀었다.

그러자 아이가 손을 뻗어 그것들을 쥐었다. 그리고는 바닥에 내려두고 쪼그려 앉아 한참이나 바라보더니, 하나를 내밀었다. 정석화는 감동했다.

"……아저씨 주는 거야?"

"아니. 까줘."

"……아."

사탕을 받아 들었다. 그리고는 사탕을 아이의 입에 물려 주었다. 그러자 그렁그렁하던 아이의 눈이 원래대로 돌아왔다.

불타지 않은

'되바라진 꼬마 같으니라고.'

귀엽다고 생각했던 마음이 싹 사라지는 것을 느끼며 담배를 입에 물었다. 하지만 그것도 잠시. 그는 입에 문 담배를 뺐다. 정석화는 원래 하지 말라고 하면 더 하고 싶어 하는 청개구리 심보다. 담배를 피워서는 안 된다고 생각하자 더더욱 담배 생각이 났다.

'눈앞의 꼬마가 가야, 담배를 피울 텐데.'

밤톨만 한 꼬마 녀석이 뭐라고, 담배를 피우려 현관문을 닫자니 뭔가 진 기분이다. 동시에 억울한 마음도 들었다.

'아니. 여긴 내 집이잖아.'

정석화가 눈앞의 꼬마를 응시했다. 꼬마는 아직도 그 자리에 있었다.

아파트 복도에 있는 걸 보면 분명 그의 옆집들 중 하나에 사는 아이일 텐데 말이다.

"……집에 안 가니?"

"할무니, 기다려."

"……할머니?"

"응."

할머니라는 말에 떠오른 것은 401호의 오지랖 넓은 할머니였다.

아들, 손주와 함께 산다고 자신을 소개한 노인은 초면에 과도한 호구조사로 정석화의 영혼을 안드로메다로 날려 보낸 적이 있는 노인네다.

'오지랖 부릴 시간에 꼬맹이나 돌볼 일이지. 저런 꼬맹이를 혼자 있게 하다니.'

아직 발음도 정확하지 않은 꼬맹이를 보자니 짠한 마음이 들었다. 정석화는 혀를 차며 401호로 향했다. 그러자 자물쇠가 달린 문이 보였다.

하필…….

요즘 같은 세상에 자물쇠라니. 노인네가 전자키 대신 손에 익은 자물쇠로 잠가 놓는 바람에 꼬마가 집에 들어가지 못하는 모양이다. 정석화는 밥이나 먹고 한숨 푹 자려던 계획이 글렀음을 직감했다.

"……할머니 전화번호는 알아?"

"응."

"들어와서 기다릴래? 할머니한테 전화도 하고."

자신의 공간에 누군가를 들이는 걸 좋아하지는 않지만 꼬맹이를 혼자 둘 수는 없었다.

하지만 옆집 꼬마는 고개를 저었다.

"혁이는 여기서 할머니 올 때까지 기다릴 거예요."

한 발짝도 움직이지 않을 듯, 제법 단호한 표정이었다. 그 모습이 제법 진지하고 귀여워서, 정석화는 피식, 웃음이 났다. 환기가 다 된 듯싶었지만, 현관문을 닫지 않기로 했다.

꼬마를 복도에 혼자 두고 문을 닫을 만큼 정석화가 무뢰배가 아니기 때문이기도 했고, 배달 음식이 올 때까지는 열어 둘 생각이기도 했다.

불타지 않은

'꼬마 혼자 복도에 덜렁 서 있는 모양새가 좋지는 않겠지만, 싫다는데 뭐. 그리고 손주가 이렇게 기다리는데, 금방 오겠지, 뭐.'

정석화는 될 대로 되라는 식이었고, 다행히 틀린 선택은 아니었다. 옆집 노인네는 금방 돌아왔고, 정석화가 자신의 손주에게 사탕을 건넸다는 것이 퍽이나 고마웠는지 이전과는 정반대의 태도로 그를 대했다.

"아이고. 옆집 총각이 이눔시끼 돌봐주느라 애썼네."

"별거 안 했는데요, 뭐."

사실 그가 한 일이라곤 아이를 울린 후 사탕을 건넨 것밖에 없었다.

옆집 노인의 반응에 정석화는 다소 민망한 기분이었다.

"별게 아니긴. 혁이 이놈이 지 에미를 쏙 빼닮아서, 어찌나 되바라졌는지는 할미인 내가 잘 아는데."

옆집 노인은 손주의 팔목을 잡아끌었다. 남인 정석화가 보기에도 제법 억셌다.

"할무니, 나 아파."

"가만있어! 이눔시끼."

그 모습에 절로 미간이 찌푸려졌다. 하지만 정석화는 내색하지 않았다. 못마땅하긴 했으나 그것을 내색할 정도로 친한 사이도, 교류가 있는 사이도 아니었다.

다행히 노인은 아이의 팔목을 놨다. 그리고는 식사 대접을 언급했다.

"어쨌든 고마워요. 내, 아범 오면 말해 둘게요. 감사의 의미로 밥 한번 살게요."

그 모습이 아이를 대하는 모습과 대비되었다.

'자기 손주에게나 잘할 일이지, 쯧쯧.'

정석화는 속으로 혀를 찼다.

"아니. 부담 갖지 말고, 조금 있으면 우리 아범 돌아오거든. 우리 아범이 의산데, 오늘 오랜만에 이른 퇴근을 한다오. 혼자 키운다고 아들을 또 어찌나 아끼는지⋯⋯."

옆집 노인의 말은 끊이지 않았다.

덕분에 정석화는 거절할 타이밍을 놓쳤다. 아니. 정확히는 따발총 같은 말들을 뚫고 거절할 용기가 나지 않았다.

정석화는 영혼 없는 대답을 몇 번이나 한 후에야, 옆집 노인에게 벗어날 수 있었다. 배달 음식이 온 덕이었다.

"어머. 내가 젊은 사람을 너무 잡아 두고 있었나 봐. 호호. 이해해요. 늙으면 할 게 없다 보니, 이리 말이 많아진다오."

"⋯⋯아니, 괜찮습니다."

"어서 밥 먹어요. 난 이만 들어가 볼 테니."

옆집 노인은 인사를 할 틈도 주지 않고, 401호로 들어갔다.

"부대찌개 중(中)자 시키셨죠?"

"네."

가격을 지불하는 사이 404호에 사는 여자가 계단으로 올라왔다.

그녀가 어색한 표정으로 눈인사를 했다. 정석화 역시 그랬다.

404호에 사는 여자는 사회인이 된 지 얼마 안 된 듯했는

불타지 않은

데, 무슨 직업인지는 몰라도 출퇴근 시간이 좀 불규칙한 것 같았다.

여자가 번호 키를 누르고 들어간 뒤, 정석화 역시 현관문을 닫으려 했다. 그때 404호 쪽이 시끄러워졌다. 정석화의 눈살이 절로 찌푸려졌다.

오지랖 넓은 401호 할머니는 그가 이사 올 때부터 404호가 싸움이 잦다고 흉을 봤다.

정석화는 남에게 무관심하기 때문에 옆집 노인이 참 주책이라고 생각했는데, 이번만은 옆집 노인의 말에 동감할 수밖에 없었다.

404호는 좀 심했다.

"내가 신경 쓸 건 아니지만 참⋯⋯."

정석화가 머리를 저으며 집으로 들어왔다.

그것이 감추어진 균열의 형태인 줄도 모르고.

**

주말이 되자, 옆집 꼬마 혁이의 아버지가 벨을 눌렀다.

그 당시 정석화는 마감을 만끽하며 늦게까지 잠을 자던 중이었는데 아무런 생각 없이 문을 연 바람에, 초면인 사이에 못 볼 꼴을 보이고 말았다.

"실례합니다. 옆집 401호 사는 혁이 아버집니다. 음⋯⋯. 아무래도 제가 너무 일찍 찾아온 모양입니다."

계면쩍은 얼굴로 사과하는 옆집 남자를 보고 있자니 정석화는 절로 얼굴이 붉어졌다.

"아, 아닙니다."

정석화가 어색하게 입꼬리를 올렸다.

얼핏 시계를 봤는데, 시간이 정오를 훌쩍 지나 있었다.

이른 시간이 아니라 자신이 게으른 탓이기에, 괜히 뻘쭘했다.

"그런데, 무슨 일이신지⋯⋯."

"며칠 전에는 정말 감사합니다. 저희 애가 신세를 졌다고 들었습니다."

"신세는요. 그저 사탕을 몇 개 쥐어 줬을 뿐이었는데요. 정말 별것 아니었습니다."

401호 모자는 대체 왜 이럴까.

"혹시 오늘 저녁 시간 되시면, 제가 식사 대접 한번 하고 싶은데요."

정석화는 정말이지 별것 아니라고 생각했기 때문에 모자의 태도가 다소 부담스러웠다. 둘 다 자신의 말을 들어주지 않는다는 부분에서는 일치해서 탐탁지 않았다.

"저희 아이도 몇 번이나 '옆집 아저씨가 사탕 줬다'고 자랑을 하는지. 괜찮으시다면, 아이와 함께 셋이서 식사를 하고 싶습니다."

"그러시다면⋯⋯."

"그럼 6시에 나오시면, 제가 차로 식사 자리까지 모시겠습니다."

불타지 않은

**

　밥을 사겠다는 사람을 기다리게 하는 것은 아닌 듯해서 정석화는 약속 시간인 6시에 딱 맞춰 나가고자 했다. 하지만 401호 의사 선생이 그보다 먼저 퇴근해 집에 와 있었다.

　"제가 좀 늦은 모양이네요."

　"아닙니다. 제가 약속 시간보다 일찍 나왔는데요, 뭐."

　두 남자가 인사를 나누는 사이, 꼬마가 401호 문을 열고 나왔다.

　"어? 아저씨다."

　"잘 지냈어?"

　"응!"

　방긋, 웃는 모습이 제법 귀여웠다.

　"스읍ㅡ. 혁이, 너 아빠가 어른한테는 존댓말 써야 한다고 했지?"

　"괜찮습니다."

　"우음. 아저씨가 괜찮다고 했는데⋯⋯."

　"이혁."

　정석화는 그 모습이 다소 의외라고 생각했다.

　낮에 봤을 땐 의사라는 직업과는 어울리지 않게 어리숙해 보였는데, 아들의 예절교육을 시키는 모습을 보니 꼭 그렇지는 않은 모양이었다.

　혁은 영악하게도 정석화를 힐끔거렸다. 자신의 아빠를 말려

주길 바라는 눈치였다. 정석화는 입을 다물었다.

남의 가정일에, 그것도 옆집 가정의 예절교육에 간섭하는 건 아니다. 폭력이 오가면 모를까. 괜한 오지랖을 부리고 싶지는 않았다.

그가 슬그머니 외면하자, 꼬마의 입꼬리가 삐쭉거렸다.

"우으−. 네에."

꼬마의 눈이 울멍울멍 했다.

그때 정석화와 눈이 마주쳤는데, 꼬마는 고개를 팩, 하고 돌렸다. 편을 들어주지 않은 것이 퍽이나 서운했던 모양이었다.

정석화는 부러 모르는 척하며 물었다.

"혁이, 뭐 좋아해? 혁이 아빠가 맛있는 거 사준다고 하셨으니까, 혁이 먹고 싶은 거 먹을까?"

정석화의 물음에 혁은 고개를 끄덕였다. 얼굴은 방금 전 꾸지람을 들었다고는 상상할 수 없이 밝았다. 제법 영악한 모습을 보이는 꼬마지만, 아이는 아이인 모양이네. 정석화가 피식, 웃다가 401호 의사와 눈이 마주쳤다.

그가 눈인사를 했다. 아이를 배려해줘 고맙다는 의미였다.

분위기가 부드러워지자, 세 사람은 근처의 식당으로 향했다.

"제가 근무하는 병원이 이 근처인데, 병원 사람들끼리 자주 옵니다. 빨리 나오기도 하고, 반찬도 정갈하고요."

401호 남자의 말대로, 메뉴를 주문하자 곧 밑반찬이 나왔다.

고추장아찌를 하나 집어 먹었는데, 자극적이지 않고 심심한 게 집반찬을 먹는 느낌이었다. 정석화는 메인인 버섯불고기전

불타지 않은

골이 나올 때까지 반찬을 비웠다. 얻어먹는 처지에 입에 발린 소리도 안 하는 무뢰한은 아니라서 감사 인사도 빼놓지 않았다.

"이야, 괜찮은 곳이네요. 덕분에 이런 정갈한 밥도 먹습니다."

"혼자 있는 아이를 보살펴 주셨는데, 겨우 이런 걸 대접해서 참 송구스럽네요."

"겨우 이런 거라니요. 저한테 딱 맞는 건데요. 사실, 혼자 사는 데다가 직업도 글을 쓰는 거다 보니 이런 식당에 오기가 쉽지 않거든요."

"이런……."

둘 사이에 의례적인 말이 오갔다. 어묵 반찬을 집어 먹던 혁이 구석에 있던 테이블을 향해 소리쳤다.

"어? 404호 아줌마다!"

아이의 목소리는 청량하면서도 시선을 집중시키는 것이어서, 두 남자뿐 아니라 그들을 잘 모르는 사람들의 시선까지 404호 여자에게 모여들었다.

404호 여자가 함께 있던 이들에게 양해를 구하고 세 남자가 있는 테이블에 왔다. 인사를 건네기 위해서였다. 하지만 그녀의 의도는 이루어질 수 없었다. 아이의 천진난만함 때문이었다.

"아줌마, 아줌마. 혁이 옆집 아저씨랑 밥 먹으러 왔어요."

"그랬어? 많이 먹었니?"

"아니요. 근데 혁이는 착한 아이니까 많이 먹을 거야…요."

"정말? 와. 혁이 참 대단하네."

"응! 나 대단해!"

404호 여자와 혁이 도란도란 이야기를 나누는 사이, 정석화는 401호 의사와 어색한 시선을 주고받았다. 타이밍을 놓친 두 남자가 인사할 시기를 재고 있을 때였다. 404호 여자의 일행이 그녀를 불렀다.

"어이! 김 소방사!"

"출동이야!"

그들의 대화에, 정석화의 시선이 404호 여자의 옷을 향했다. 주황색의 119 티셔츠. 새삼 그녀의 불규칙한 출퇴근을 떠올린 정석화는 404호 여자의 직업을 알게 되었다.

404호 여자는 간단한 경례만 하고 밖으로 나갔다. 걸음이 꽤나 다급했다.

정석화는 그 모습이 멋있어 보였다.

"이야. 여자가 소방관이라니. 힘들겠네요."

"글쎄 말입니다. 우리나라 소방공무원들 환경이 엄청 열악하다던데, 여자가 왜 저런 직업을 택했는지, 원."

"힘들긴 하겠어요. 밥 먹다가도 나가야 하지, 위험하지."

"어쨌든 대단하긴 하네요."

두 남자는 404호 여자를 주제 삼아 대화를 나누었다.

만일 404호 여자를 만나지 않았다면 어땠을까.

본디 일면식 없는 이들이니 가만히 밥만 먹었을 게 분명하다.

어색함에 몸부림쳤을 게 분명한 가정에, 정석화가 고개를 설레설레 저으며 밥을 비웠다.

불타지 않은

정석화가 밥그릇을 깨끗이 비운 데 반해, 그들 부자의 밥그릇은 겨우 반 남짓이 비었다. 401호 아이, 혁이 아직 어려 식사에 어른의 도움이 필요했기 때문이다.

401호 의사는 자기 밥은 뜨는 둥 마는 둥 하고, 아들을 먹이느라 분주했다.

정석화는 앞에 앉은 부자를 주시했다. 그때 눈에 들어온 것이 있었다. 401호 의사, 혁이 아빠의 손가락이었다.

'왼쪽 네 번째 손가락에 반지……? 혼자 된 지 좀 됐다고 들었는데, 진지하게 만나는 여자가 생긴 걸까?'

쓸데없는 생각에 골몰할 때였다. 정석화의 전화에서 진동이 울렸다. 어머니다.

전화와 401호 남자를 번갈아 보던 정석화는 진동 소리를 줄였다.

"전화 받으셔도 되는데……."

"아니, 괜찮습니다. 나중에 해도 되는 통화인데요, 뭐."

마감한다는 핑계로 본가에 간 지가 꽤 되었으니 집에 왔다가라는 내용의 통화일 게 뻔하다. 어머니한테는 집에 돌아가서 통화해도 늦지 않았다.

그 사이, 401호 의사는 식사를 마쳤다.

"다 드셨으면 일어날까요?"

"……벌써요?"

401호 의사의 밥그릇은 거의 줄지 않았다.

"좀 더 드시지 않고……."

"아닙니다. 오늘 점심을 좀 과하게 먹었더니, 생각이 없네요. 그리고 수술한 지 얼마 되지 않아서 밥 생각도 없고요."

"아, 의사라고 하셨죠?"

"네. 외과의사입니다."

"쉽지 않은 길일 텐데……. 정말 대단하시네요."

"그냥 성적에 맞게 갔을 뿐인데요, 뭐."

성적에 맞게 의사가 됐다는 말은 겸양의 말 같기도, 무책임해 보이기도 했다.

하지만 그의 태도에는 숨길 수 없는 자부심이 들어 있었다.

정석화가 다소 황당한 마음을 담아 그를 쳐다보는 사이, 앞서 일어선 401호 의사는 한 손으로 아들의 손을 잡고 서둘러 계산을 마쳤다.

그때 혁이 아빠의 팔을 잡아당겼다.

"아빠. 나 화장실. 응가."

"으, 응가?"

"응! 혁이 응아."

아이가 발을 동동 굴렀다.

그 모습을 본 정석화가 입을 열었다.

"여기서 기다리겠습니다. 다녀오시죠."

401호 의사는 민망한 얼굴을 하고 아들의 손을 잡았다.

"금방 다녀오겠습니다."

그들은 화장실로 향했다. 그리고 정석화는 어머니께 문자를 남겼다.

불타지 않은

[나 밖에서 밥 먹는 중이라 30분 있다가 연락드릴게요.]

문자를 남긴 후, 정석화는 담배를 입에 물었다. 연기가 하늘로 뻗어 나갔다.

"크으. 역시 식후 땡이지."

식후에 무는 담배는 언제나 각별했다. 담배를 다 피우자마자 401호 의사가 아들과 함께 돌아왔다.

"타시죠."

정석화는 401호 의사의 차에 탔다. 식당에 함께 밥 먹으러 가는데 굳이 따로 운전할 필요가 없어, 신세를 진 참이었다.

정석화는 뒷좌석에 타 창문을 응시했다. 사이렌을 울리며 지나가는 경찰차에, 밖이 분주하게 느껴졌다. 덕분에 신이 난 건 아이뿐이었다.

"삐용삐용─. 타요차야! 패트!"

"……패트?"

"응!"

정석화가 영문을 몰라 하자, 401호 의사가 설명을 보탰다.

"요즘 아이들이 보는 만화 캐릭터예요."

"아……."

마흔이 다 되어가도 호적이 깨끗한 총각은 영혼 없는 고갯짓을 했다. 그 사이 아파트 입구에 도착했다. 그리고 도착한 것은 그들뿐만이 아니었다. 소방차며 경찰차를 구경하기 위한 인파로 인해 아파트가 북적였다.

401호 의사가 미간을 찌푸렸다.

"이 주변에서 불이 난 모양입니다. 우선 여기에 세워 두죠."

그가 차를 세우고 아이를 안았다.

"나 이제 아가 아니라서 걸어갈 수 있는데."

아이는 불퉁하니 입을 내밀었지만 401호 의사는 아이의 말에 더 꽉 안아 들며 말했다.

"혁아, 밖이 보여?"

"응."

"밖에 경찰차도 있고, 소방차도 있고, 사람도 많지?"

"네."

"이럴 때는 아빠랑 딱 붙어 있어야 하는 거야. 그래서 아빠가 혁이를 안고 다니려는 거고. ……알았지?"

아빠의 진지한 말에, 아이는 더 진지한 표정으로 고개를 끄덕였다.

부자의 말이 끝나자, 정석화는 눈치껏 차에서 내렸다. 그리고 걸었다.

그들이 사는 바른 아파트 104동은 입구에서 도보로 5분 정도 걸리는 거리였는데, 앞으로 나아가기가 힘들었다. 꼭 자신이 가려는 곳이 폭풍의 핵인 것처럼.

무언가 이상함을 느낀 그들의 걸음이 빨라졌다. 겨우 인파를 헤치고 나가 아파트 가까이 갔다. 그리고 봤다.

자신이 살고 있는 바른 아파트 4층이 불타고 있는 모습을.

"…… 말도 안 돼 ……."

정석화는 털썩, 주저앉았다. 함께 온 401호 의사 역시 넋이

불타지 않은

나갔다. 당연했다. 식당을 오가는 데 걸리는 시간은 불과 2시간 남짓. 그 잠깐 사이에 자신이 사는 곳이 불에 탄 것이다.

"아빠, 불! 불났어. 크와왕, 했어. 우리 집이야."

아무것도 모르는 아이는 그저 모든 것을 신기해했는데, 그 소리에 주변의 시선이 그들에게 몰려들었다. 그중에는 소방관도 있었다.

"화재동에 거주 중인 분들입니까?"

정석화는 멍하니 있다 고개를 끄덕였다. 정말이지 간신히.

소방관은 정석화의 태도가 익숙한 듯, 늦은 답변을 재촉하지 않았다. 그저 다음 질문을 할 뿐이었다.

"그럼 혹시 저곳에 남아 있는 식구는?"

정석화가 고개를 저었다.

문제는 401호였다.

"어머니!"

401호 의사는 소방관의 질문을 듣고 나서야 어머니의 존재를 깨달은 듯 외쳤다.

"어머니! 어머니!"

그가 화재 현장을 향해 뛰었다. 아니. 뛰려 했다. 주변에 있던 이들이 401호 의사를 막지 않았다면 아마 그는 뛰어들었을 터였다.

"놔주세요! 저기에, 저기 제 어머니가……!"

필사적인 모습에 주변의 장정들이 나섰다.

"이러시면 안 됩니다."

"어이! 누가 잡아! 잡아!"

그 모습에 401호 꼬마는 울음을 터트렸다.

"우리 아빠 잡지 마!"

솜방망이 같은 주먹을 휘두르는 아이는 자신의 집이 불탔다는 것의 의미조차 몰랐다. 그리고 그것이 상황을 더 비극으로 보이게 했다.

정석화는 어떻게든 생각하기 위해 애썼다. 하지만 화재를 다 진압할 때까지도 아무런 생각을 할 수 없었다. 그냥 머릿속이 새하얘졌다.

정석화는 화재를 진압한 소방관이 다가왔을 때에야 정신을 차렸다.

"화재는 출동 2시간 만에 진압했습니다. 하지만 403호에서 퍼진 불길이 원체 세서……. 유감스럽게도 사망자가 발생했습니다. 사망자는 401호에서 발견된 70대 여성 1명, 404호에서 발견된 50대 남성 1명입니다."

401호 의사의 무릎이 맥없이 풀렸다.

아악-.

사십 줄에 접어든 남자가 주저앉아 우는 모습은 그다지 보기 좋은 모습은 아니었다. 하지만 어느 누구도 추하다 말하지 못했다.

"어머니! 어머니!"

사망자를 부르는 남자의 목소리가 갈라졌다.

불타지 않은

의심과 오해

"밥 먹어라."

어머니의 말에 정신을 차린 정석화가 미적거리며 자리에서 일어났다. 화재 이후 오갈 데가 없어진 정석화는 본가로 들어왔다.

그의 본가는 바로 옆 동네였는데, 불에 탄 복도가 정리되면 바로 자신의 공간으로 돌아갈 셈이었다.

대출을 모아 간신이 집을 샀기 때문에 정석화의 통장 잔고는 바닥이었다.

다행히 402호인 정석화의 집안까지 불길이 옮겨붙지 않았는지라 그의 피해는 그을림과 냄새뿐이었다. 401호에서 불길에 1명, 404호에서 질식사로 1명 죽었다는 점을 떠올린다면 다행스러운 일이었다.

물론 불행 중 다행이라는 말로 어머니의 걱정을 덜어낼 수는 없었다.

어머니는 대체 집을 어떻게 골랐기에 이사한 지 몇 달 만에 불이 나냐고 타박했다.

"아, 진짜. 내 집은 멀쩡하다니까요."

"멀쩡하긴. 사람이 둘이나 죽었다면서. 그리고 집이 멀쩡하면 니가 여기 와 있겠니?"

정석화는 대학에 입학한 이래로 부모님과 함께 산 적이 없었다.

신입생 시절에는 기숙사, 그 이후로는 자취를 한 덕분에 혼자 사는 것이 편해서 본가에서 자고 가는 법도 없었다.

"속옷이니 옷가지 같은 세 아무것도 없어서 모조리 사서 가져온 거 내가 모를 줄 알아? 쓰레기통 보니까 태그(Tag)가 그냥……!"

"정말 그런 거 아니에요."

어머니의 걱정을 덜기 위한 말이 아니었다.

정석화는 무사했고, 탄내가 좀 나기는 해도 집 역시 무사했다. 다만 화재가 번지지는 않았다고 해서 빨래까지 멀쩡할 수는 없었다.

하필 환기를 시키겠다고 베란다 창을 열어 두고 나간 게 패착이었다.

하지만 정석화의 어머니는 상황을 몰랐고, 오랜만에 등짝도 맞았다.

"아니긴!"

"아! 진짜 아니라고요! 탄 건 내 집이 아니라 복도 조금이에요. 복도가 타서 집에 못 들어간 것뿐이라고요."

불타지 않은

"충격이 클 텐데 그냥 집에 들어와서 살지……. 집에 와서 마음도 좀 추스르고, 이참에 남들처럼 직장 구해서 장가나 좀 가고."

잔소리는 한참 이어졌다.

"그럼 네 집에는 언제 들어가려고?"

"글쎄요. 우선 복도가 복구되어야 하지 않을까요."

"그럼 그 전에는 네 물건도 아무것도 못 챙기는 거야?"

"음……. 그건 아닐 걸요. 복도 공사도 들어간다고 하니까 며칠은 상황을 봐야겠지만요. 안 그래도 오늘 한번 가 볼 생각이었어요."

정석화가 태평하게 답하자, 그의 어머니가 눈을 흘겼다.

"그럼 진작에 가 보지 그랬니?"

정석화도 그런 생각을 하지 않은 건 아니었다. 그나마 다행인 건 아파트 내에서 든 화재보험으로 복도가 어떻게든 복구될 거라는 사실이다.

"화재 장소에서 며칠간은 일산화탄소가 품어 나온다고 해서요."

소방관의 설명에 의하면 복도는 공통 공간이므로 관리실 측에서 해결해 준다는 것 같았다. 화재 원인에 따라 다르지만 대부분은 그렇다고 했다. 뭐, 그렇지 않더라도 상관없지만, 이번 화재에서 정석화가 본 피해라고는 현관문과 샷시뿐이다. 그을림이 심해 현관문은 갈아야 했고, 화재 진압 과정에서 정석화의 집 베란다 샷시도 일부 파손되었지만 그 정도는 괜찮았다.

만일, 평상시와 같이 집에 머물러 있었다면, 또 질식사한 남자처럼 신체에 불편함이 있었다면……. 정석화 자신도 죽었을지 모를 일이다. 목숨값이라 생각하니 수리비 정도는 전혀 아깝지 않다.

"그럼 며칠 있다 다녀와야 하는 거 아니야?"

"벌써 사흘이나 지났는데요, 뭐. 어차피 한 번은 가 봐야 하고요. 현관문도 다시 달아야 하고, 복도도 언제 고쳐질지 모르니까요."

"그건 그렇지."

대화를 나누는 사이, 정석화의 밥공기가 비었다.

"잘 먹었습니다."

"더 먹지, 왜?"

"많이 먹었어요."

식사를 마친 정석화는 모자를 눌러 쓰고 본가를 나왔다. 복도 때문에 집에 바로 돌아갈 수는 없겠지만, 현관문 문제도 있으니 관리실이며 인테리어 업체 등을 돌아다녀야겠다는 가벼운 마음이었다.

정석화는 나오자마자 보이는 인테리어 업체에 들어가 현관문 디자인이 안내된 책자 하나를 가지고 나왔다. 복도가 정리되기 전에는 현관문을 바꾸는 것도 요원할 테니, 느긋하게 고를 생각이었다.

시간도 많았다.

마감을 끝낸 소설가의 삶이란 무릇 이런 것. 당분간은 여기저기 돌아다니며 한가함을 만끽하리라.

불타지 않은

'흐음―. 이참에 여행이나 갈까.'

정석화는 이런저런 생각을 하다가 카페에 들어갔다.

본가에 있으면서는 원두로 내린 커피를 맛보지 못했다. 혼자 살 때의 정석화는 하루 세 잔, 꼬박 캡슐커피를 먹고는 했는데 말이다.

아메리카노를 한 잔 시켜, 느긋함을 즐기고 있는데 전화가 울렸다.

바른 아파트 관리실이었다.

관리사무소장이라는 남자는 정석화의 일정을 물었다.

[갑작스러우시겠지만, 오늘 오후에 화재 관련으로 의논 들어갈 예정인데, 혹시 시간 되십니까?]

한가함을 만끽하던 중이니, 잘 되었다는 생각이 들었다.

"네, 회의 어디서 합니까?"

[음, 관리사무소 2층에 보면 왼쪽에 대강당이 있거든요. 거기로 오시면 됩니다.]

"예, 알겠습니다."

＊＊

정석화는 중간에 제과점에 들러 낱개로 포장된 선물세트 따위도 샀다. 일종의 뇌물이었다. 복도를 좀 빨리 복구해 주십사 하는.

다과용으로 간단하게 샀는데도 양손이 무거웠다. 화재 관련

회의니, 방문하는 이들이 제법 많겠다 싶어 이것저것 집어 든 결과였다.

안내받은 장소에 다다르니 웅성거리는 소리가 커졌다. 벌써 회의를 시작한 듯싶었다.

정석화는 조심스레 문을 열고 들어가 빈자리에 앉았다. 그 과정에서 401호 남자와도 눈인사를 했다. 별안간 어머니를 잃은 그의 얼굴은 초췌했다.

"화재로 인해 파손된 장소는 이미 보험사에서 다녀갔습니다. 건물 자체를 보수하는 데는 문제가 없을 것 같습니다. 문제는 집 안에 있는 가구나 가전제품입니다."

관리사무소장의 설명에 누군가가 보상에 대해 알아본 듯, 날카로운 질문을 던졌다.

"가구는 몰라도, 각 세대 가전제품은 보상받을 수 있는 거 아닙니까?"

그러자 다른 누군가가 나섰다.

"그건 화재의 원인이 미상일 때지요. 화재의 원인이 누군가의 방화로 인한 경우에는 다릅니다."

대강당에 모인 사람들의 웅성거림이 커졌다.

한편, 화재의 원인이 방화라고 주장하며 사람들의 시선을 끈 남자는, 자신을 이번 화재의 보상을 담당한 손해사정사라 소개했다.

"저희 보험사 측에서는 처음부터 이번 사건을 방화로 보고, 주시하던 중입니다. 두 집이나 태울 정도의 불이 이리 짧은 시

불타지 않은

간에 붙을 리 없거든요."

정석화 역시 이를 이상히 여기긴 했다. 하지만 방화라니.

그리 오래 살지는 않았지만 아파트는 술주정하는 사람 하나 없을 정도로 평화로웠다. 이런 정석화의 마음을 알아주기라도 하듯, 한 노인이 소리쳤다.

"우리 동네에 방화범이 있을 리가 없어!"

"그럼, 이 코딱지만 한 동네에 무슨……."

그 주장은 많은 주민들의 동의를 얻었다. 하지만 그럼에도 손해사정사는 방화를 주장했다.

"어르신이 그렇게 생각하고 싶은 마음은 이해합니다. 하지만 많은 세대가 사는 아파트에. 게다가 그 짧은 시간에 불이 이토록 거셀 확률은 거의 전무합니다. 사는 사람이 몇인데요."

손해사정사의 말은 나름 일리가 있었다. 하지만 그럼에도 노인은 막무가내였다.

"뭘 모르면, 말을 말어. 이 동네가 얼마나 살기 좋은데, 그런 무서운 일이 벌어진다는 겨!"

논리적이지는 않았지만, 노인의 말에 회의실에 모인 아파트 주민들은 모두 공감하는 모양새가 됐다. 덕분에 손해사정사에게 모인 주민들의 시선이 매서웠다.

회의실의 분위기에 손해사정사가 입을 다물자 동행한 형사 중 한 명이 손을 들었다.

"다주지방경찰청 수사1팀 송범준 형삽니다. 약간의 탄내에도 신고를 하는 세상입니다. 이리 거센 불길이 생길 리 없어요.

조사 결과도 제 주장을 뒷받침하고 있습니다."

형사의 말에 누군가가 물었다.

"그럼 화재의 원인이 벌써 밝혀졌나요?"

"네, 일부는요. 이번 화재 사건에 대해 사(社)측은 이상함을 느꼈습니다. 사고로 인해 발생한 화재가 짧은 시간에 두 집을 전소시킨 것은 도무지 말이 되지 않는 일이거든요."

이 때문에 손해사정사가 속한 회사는 경찰에 조사를 의뢰했다. 소방관계자에게 자문도 구했다. 그 결과 알아낸 것은 이번 화재가 가스 누출 따위의 사고가 아니라는 사실이었다.

"아직 분석 결과가 전부 나온 것은 아니지만, 화재 현장에서 발견된 물건 중 하나는 OO사(社) 시너통이었습니다. 그리고 깨달았죠. 이번 화재는 방화라는 사실을요."

'방화'라는 단어에 회의실에 모인 사람들이 웅성거렸다.

'동네에, 아니, 바른 아파트에 방화라니.'

놀란 것은 정석화 역시 마찬가지였다.

한편, 동네 사람들의 결백을 주장하던 노인이 반박했다.

"하지만 청소 같은 데에도 시너가 사용되지 않나. 그건 내가 일할 때 써서 잘 알아."

노인은 자신이 과거에 청소업체를 운영했으며, 청소업체에서는 깨끗하게 하려고 청소에 시너를 사용한다고 했다.

"방화? 하……! 보상해주고 싶지 않아서 청소에 사용된 시너를 가지고 꼬투리 잡는가 본데 어림없지!"

노인의 말에 주민들의 눈이 매섭게 빛났다. 그러자 손해사정

불타지 않은

사의 목이 잔뜩 움츠러들었다.

주눅이 들어 있는 손해사정사를 구한 것은 경찰 측에서 나온 형사, 송범준 형사였다.

"물론, 선생님의 말에도 일리가 있습니다. 실제로 이 아파트의 청소에는 시너가 사용되는 게 사실이니까요."

동행한 형사 중 한 명인 송범준 형사의 말에 노인이 우쭐한 표정으로 말했다.

"이것 봐! 내 말이 맞다니까!"

하지만 노인의 표정은 곧 찌푸려졌다.

"하지만 현장에서 발견된 것은 OO사의 시너통입니다. 아파트 청소에 쓰인 시너는 OX사 것이고요."

"말도 안 돼!"

"한 가지 더 말씀드리자면, 청소에 쓰이기 위해 문질러진 정도의 시너로 1시간 만에 4층 전체가 불에 탈 수는 없습니다. 만일 그게 가능하다면 화재 장소가 4층이라고 단정 지을 수도 없을 테고요."

그 말에 노인이 꿀 먹은 벙어리가 됐다.

송범준 형사는 그런 노인을 무시하며 설명을 이어갔다.

"저희 측은 소방관계자와 보험사 측의 의뢰로 조사에 착수했습니다. 물론 CCTV도 확보했습니다. 결과적으로 말씀드리면, 수상한 사람을 발견할 수는 없었습니다."

그 말에 담긴 의미를 눈치챈 정석화가 물었다.

"그럼 경찰은 범인이 주민들 중 있을 거라 확신하는 건가요?"

"아직 검사 결과가 전부 나온 게 아니라서 설불리 대답할 수 없는 물음이군요."

송범순 형사의 답은 조심스러웠다. 하지만 대다수는 경찰 측의 의견을 눈치챘다. 정석화 역시 마찬가지였다. 그리고 그의 빈정을 상하게 하는 데는 충분했다.

"하. 이렇게 말해서 눈치 못 채는 사람이 있겠습니까?"

아직 제대로 된 결과조차 나오지 않는 상황에서 주민들에게 너희들 중 범인이 있다고 밝히다니.

정석화는 자신의 눈앞에 있는 형사의 태도를 어리석게 느꼈다. 또한 재산적 피해까지 있는 자신이 의심의 대상이라는 생각에 불쾌감을 느꼈다.

"증거도 없는 주제에 뭐가 그리 당당합니까? 몇 주가 지나도 사건을 해결하지 못했으면 부끄러워해야 하는 거 아닌가? 게다가 아파트 주민들은 피해자입니다. 원래 너희 경찰 새끼들이 하는 수사는 피해자들 의심하는 것부터 시작합니까?"

포장조차 되지 않은 표현에, 송범준 형사가 발끈했다.

"…… 이보세요!"

"하! 쫄리면 쳐 보던가!"

험악해진 분위기에 송범준 형사와 함께 온 파출소 순경들이 두 남자를 말렸다. 그 모습에 관리사무소장이 식은땀을 흘렸다.

손해사정사 역시 위기감을 느끼기는 마찬가지였는데, 그는 설명을 이어감으로써 시야를 돌리는 방법을 택했다.

불타지 않은

"그……, 보상을 하지 않겠다는 게 아닙니다. 어차피 401호는 내부수리가 불가피하고, 404호 역시 화재로 인한 냄새와 시취(尸臭) 때문에라도 리모델링을 하겠다는 의사를 밝혔습니다. 저희 측에서는 해당 법규에 따라서 리모델링을 지원할 계획이고, 그 과정에서 방화범을 찾을 예정입니다."

"그 부분은 저희 경찰이 맡을 예정이고요."

싸움이 날 뻔한 것을 말리던 순경 중 한 사람이 말을 잇자, 송범준 형사 역시 화를 참고 설명을 이었다.

"방화에 사용된 것은 휴지와 시너일 것으로 추정하고 있습니다. 불을 지르고, 시너를 뿌려 화재가 빠르게 확산되도록 했습니다."

송범준 형사는 이 이유가 방화범이 4층 자체를 전소(全燒)할 목적으로 불을 질렀기 때문이라고 설명했다.

"범행을 위해 눈에 띄지 않는 장소를 선별했고, 그곳이 403호였죠. 403호는 한 달 전부터 비워져 있었으니까요."

그 설명에 누군가가 손을 들어 발언권을 얻었다. 403호 집주인이었다.

"하지만 저희 집 비밀번호를 아는 사람은 저와 가족들뿐입니다. 그 뒤 세입자를 구하지도 않았고요."

"아마 범행 전 집 비밀번호를 알고 있었을 겁니다. 혹시 실례지만, 이전 세입자가 나간 이후 집 비밀번호를 바꾸셨나요?"

403호 집주인이 고개를 저었다.

어머니의 갑작스러운 죽음에 비밀번호를 바꿀 심적인 여유가 없었다고 했다.

송범준 형사는 그것을 지적했다.

"마음을 이해하지만, 비밀번호는 주기적으로 바꾸어줘야 합니다. 오래된 비밀번호는 다른 사람들에게 누출될 가능성이 더더욱 높으니까요."

냉정한 지적에 403호 집주인의 고개가 떨궈졌다.

"범인은 403호에 불을 질렀습니다. 불은 시너를 통해 빠르게 401호 쪽으로 번졌죠. 402호를 건너뛰고요."

그 말에, 4층에 살았던 이들의 시선이 한곳에 몰렸다.

정석화다. 그들의 시선은 마치 범인이라도 보는 듯했다.

"하! 어이가 없어서."

정석화가 발끈해 주변을 바라봤다. 그러자 몰렸던 시선들이 곳곳으로 흩어졌다.

그 사이 송범준 형사가 정석화를 불렀다.

"402호 거주자, 정석화 씨?"

미간을 찌푸린 정석화가 마지못해 대답했다.

"……네."

"그날, 정석화 씨의 행적을 좀 알고 싶은데……. 혹시 알리바이를 증명할 사람이 있나요?"

"……하! 알리바이라고요?! 지금 날 범인으로 의심하는 겁니까?"

"아닙니다."

"아니긴!"

불타지 않은

씨알도 먹히지 않을 답변에 정석화가 발끈했다.

"난 그저 이사한 지 얼마 안 돼서 4층의 다른 사람들과는 달리 구입한 가구에 방염 페인트를 사용했을 뿐입니다. 그 덕을 좀 본 겁니다."

정석화가 열심히 해명했지만 그를 바라보는 사람들의 눈에는 아직도 의심이 성성했다.

"열에도 강하다고 했고. 다른 사람들은 다 여기서 산 지, 몇 년씩 됐으니 저와 같은 최신 화재 예방 제품은 사용하지 않을 테지요."

"그리 결백하시다면 알리바이를 밝히시면 될 일 아닙니까?"

"웃기고 있네! 내가 당신들 속셈을 모를 줄 알고!"

경찰을 비롯한 사람들은 이미 정석화의 집이 멀쩡하다는 부분에서 의혹을 가지고 있었다.

이들은 거주한 지 몇 년씩 된 사람들의 생활 패턴은 파악하기 쉬우니 번호 키를 알아내기 용이하다는 점. 이번 사건이 결코 우발적으로 발생했을 만한 방화가 아니라는 점. 그러니 상대적으로 번호 키를 알아내기 쉽지 않은 정석화의 집에는 시너로부터 안전할 수 있다는 점은 전혀 고려하지 않았다.

"지금 당신들, 날 범인으로 몰겠다는 거 아닙니까!"

마녀사냥도 이런 마녀사냥이 또 없고, 날벼락도 이런 날벼락이 없다. 정석화는 분노에 찼다. 하지만, 마음과는 달리 겉은 차분했다. 발끈해 봐야 좋을 게 없다는 것을 알기 때문에.

"글쎄, 난 아니라니까요."

정석화가 무죄를 주장하자, 경찰은 입바른 소리를 해댔다.

"조사는 정말이지 의례적인 것뿐입니다. 우리 경찰은 아직 조사를 끝내지 않았습니다. 피해자가 피해를 주장한다고 해서 무조건 피해자 편에 서지만은 않습니다. 우리는 항상 '증거'를 보고 움직이니까요. 그러니까⋯⋯."

경찰은 정석화를 향해 자신들의 객관성에 대해 설명했다. 하지만 정석화는 속지 않았다.

"난 범인이 아닌데 왜 나에게서 증거를 찾는 겁니까?"

집이 멀쩡하다고 범인 취급이라니. 그러고도 의례적?! 말이 되는 소리를 해야지. 답답함이 정석화의 가슴을 옥죄었다.

"아니, 생각 좀 해보라고요. 내가 뭐가 아쉬워서 방화를 저지르겠습니까?"

게다가 그는 이사 온 지 얼마 되지도 않은 상황이다. 동네에 아는 사람이라고는 그저 얼굴만 마주친 음식점 사장님, 옆집 사람들이 전부다. 이해관계도 없는데 방화를 저지를 이유가 없다.

정석화는 이러한 생각을 담아 자신을 둘러싼 한 사람, 한 사람을 쳐다봤다. 하지만 그와 눈을 마주치는 이는 없었다.

"난 정말 아닙니다."

정석화가 언성을 높이며 결백을 주장했다.

그러던 중 가족을 잃은 4층 거주자 중 한 명인 404호의 미망인과 눈이 마주쳤다. 남편의 죽음으로 비탄에 쌓인 미망인의 눈에, 정석화는 이미 방화범인 듯했다.

"그럼 왜 당신 집만 멀쩡해!"

불타지 않은

404호 미망인이 소리치자, 옆에 있던 소방관 딸이 그녀를 말렸다.

"엄마······."

딸의 품에서도 미망인의 떨림은 멈추지 않았다. 몹시 안타까운 모습에 정석화를 바라보는 주변의 시선이 매서워졌다.

"이보세요. 화재에 멀쩡한 집이 내 집밖에 없다는 이유로 범인이라니······, 이게 말이 됩니까? 난 401호 남자랑 같이 있었어요. 알리바이가 확실하다고! 안 그래요?"

정석화가 함께 있던 401호 남자를 쳐다봤다. 하지만 그는 대답하지 않았다.

"이봐요! 당신도 날 의심하는 거야?"

"······그게 아니라."

401호 남자는 말을 얼버무렸다. 하지만 그는 함께 있었음에도 정석화의 알리바이를 증명해주지 않았다. 우유부단한 그의 태도에 분노한 정석화가 자리에서 일어나 소리쳤다.

"젠장! 이봐요!"

그러자 경찰들이 401호 의사를 보호하듯 막아섰다.

숫제 범인 취급이었다.

"생각이라는 걸 하라고, 이 인간들아. 난 화재가 날 때 옆집 남자랑 태정 병원 앞 식당에서 밥을 먹고 있었는데, 대체 무슨 수로 불을 지르겠습니까?"

정석화는 당당함을 담은 시선으로 형사를 봤다. 하지만 형사는 의심을 거두지 못했다

"말이 되는 소리를 해요. 아니 애초에 제대로 된 증거나 가지고 날 범인으로 모는 겁니까? 당신 정말 형사 맞아?"

"하, 어이가 없어서, 진짜."

성석화가 비웃자 누군가가 볼멘소리로 말했다.

"하지만 당신은 소설가잖습니까. 글을 쓰려고 시범을 해본 거라면……."

"하!"

정석화의 헛웃음이 공간을 울렸다.

"웃기고 있네, 진짜. 난 무협소설을 쓴다고. 내가 무슨 방화범 잡는 소설 같은 걸 쓰는 줄 알아?"

형사의 얼굴이 붉어졌다.

방화로 인해 부모를 잃은 사람들이 빨리 범인을 잡고자 하는 마음은 이해되지만 적어도 말은 돼야 했다.

"내 소설의 등장인물들은 무술을 한다고. 추리 같은 건, 정말이지 하나도 없다는 말입니다! 당신들 무협소설 한 번도 안 봤어? 난 추리는 써본 적도 없다고요!"

"그건 모르죠. 이번 사건을 계기로 추리소설가로 전향할 수도 있고. 그게 아니라면 글이 잘 써지지 않아서 그랬을지도 모르고."

"글쎄, 아니라고요. 난 며칠 전에 마감을 끝냈어요. 책으로 10권 분량, 꽉꽉 채웠다고!"

소설을 쓴다고 소설에 나올 만한 행동을 한다니. 이게 무슨 터무니없는 의심이란 말인가.

불타지 않은

"그리고, 내가 추리소설을 쓴다 칩시다. 그럼 그 안에 있는 강간, 살인, 아동학대……, 뭐, 이런 거 다 해보고 쓰겠어요? 말 같은 소리를 해야지."

정석화는 자신의 눈앞에 있는 사람들을 도저히 이해할 수 없었다.

"이봐요. 죽은 사람들은 정말이지 나랑은 아무런 관계도 없는 타인이에요. 별다른 유감도 없어요. 생각 좀 해봐요. 별다른 원한도 없는 내가 왜 그들을 죽입니까. 그리고 그 사람들이 집에 있을지, 땅으로 꺼졌을지 내가 어떻게 알고."

정석화가 생각하기에 의심스러운 이는 따로 있었다.

"무엇보다 의심스러운 건 403호 집주인 아닙니까?"

"뭐요?"

갑작스러운 불똥에 403호 집주인이 소스라치게 놀랐다.

"아니, 애초에 발화 지점이 403호라면서요. 그럼 당연히 403호 주인이 불을 질렀다고 보는 게 맞는 거 아닙니까?"

"절대 아닙니다. 거기 비워둔 지가 언젠데요. 세입자 나가고 집 정리한 거 외에는 한 번도 간 적 없어요! 의심스러운 건 4층에 사는 사람들이죠. 특히 404호 사람들이요."

"갑자기 그게 무슨……!"

별안간 범인으로 지목받은 404호 소방관의 언성이 높아졌다. 동시에 그들의 감정도 격해져 갔다.

"어머니 살아계셨을 때, 들었어요. 아파트 내에 집안싸움으로 소문이 자자했다더만요."

"이보세요! 지금 나나 내 어머니가 아버지를 죽였을 거란 말이에요?"

404호 소방관이 정석화에게 다가왔다. 멱살이라도 잡을 기세였다.

"두 분 다 그만두지 못해요!"

경찰들 중 한 명이 그들을 말렸다. 그들은 갑작스러운 사고에 아비규환 상태다. 갑자기 범인으로 지목받은 404호 여자의 반응은 특히 대단했다. 자신이 의심받는 와중에도 다른 사람을 범인으로 지목한 것이다.

"난 아니거든요? 오히려 의심스러운 건 401호, 당신 아니야?"

"그, 그게 무슨……!"

옆집 남자가 자리에서 일어났다.

"제가 제 어머니를 죽일 이유가 어디에 있습니까?"

"흥! 당신 엄마가 당신 아들을 그렇게 학대하는데……. 그 정도면 범행 동기로는 충분하지 않아요?"

"하, 학대라니!"

401호 남자의 얼굴이 붉어졌다.

"학대가 아니면? 사람을 꼭 때린다고만 학대인 줄 알아요!"

"뭐라고!"

"당신 엄마가 그 조그만 애한테 그럽디다. 지 에미를 닮아서 똑같이 내 아들 신세를 조졌다고. 하! 부끄러운 줄 알아야지. 어이가 없어서."

불타지 않은

"이 여자가 진짜!"

옆집 남자의 손이 올라갔다. 하지만 차마 때리지는 못하고, 손은 허공에 떠 있었다.

그 모습에, 404호 여자가 이죽거렸다.

"때릴 배짱도 없는 주제에!"

경찰들은 서로를 물고 뜯는 모습에 이러지도 저러지도 못했다.

정석화는 그 모습이 몹시 통쾌했다.

'지들도 의심받는 게 싫은 주제에……'

401호 의사와 404호 소방관의 싸움이 계속되자, 정석화를 둘러싼 사람들이 싸움을 말리기 위해 두 사람에게로 향했다.

"자, 자, 진정하시고."

"지금 내가 진정하게 생겼어요?"

"야, 이……"

비명과 욕설이 오갔다.

상황을 주시하던 송범준 형사는 이런 상황에서는 조사가 이루어질 수 없으니 일주일 뒤 이 시간에 조사를 하겠다며 대강당을 나갔다.

그로부터 일주일 뒤. 바른 아파트 관리사무소 대강당으로 사람들이 몰려들었다. 이 중에는 경찰과 보험사, 화재 피해자들뿐만 아니라 404호, 다른 층의 입주민들도 있었다. 이들에게는 공통점이 있었다.

표정이었다. 줄 맞춰 놓은 의자에 앉은 이들의 대부분이 불안한 표정을 짓고 있었다. 그중에는 정석화도 있었다.

정석화는 불안을 넘어 불쾌감을 느끼고 있었다.

지난 일주일간, 경찰은 보험사의 수사 의뢰를 받고 아파트 입주민들을 조사했다. 그러니 지금 모인 이들은 방화범으로 의심받는 사람들인 셈이었다.

일주일 전, 정석화를 몰아붙였던 형사는 모인 이들에게 말했다.

"각자의 일도 있을 텐데 이곳에 모여 주셔서 감사합니다. 저희 경찰이 여러분을 부른 건, 여러분이 사건 시간에 무엇을 했는지 확인할 수 없었기 때문입니다."

돌려 말할 법도 하건만, 형사는 노골적인 태도를 드러냈다.

"CCTV를 확인해 70대 이상의 노인과 14세 미만의 미성년자를 제외했습니다. 물론 알리바이가 확실한 사람도 제외했고요."

정석화는 그것이 몹시 못마땅했다.

"402호에 사는 정석화입니다. 형사님은 알리바이가 확실한 사람을 제외시켰다고 말씀하셨는데, 제대로 조사된 거 맞습니까?"

이에, 송범준 형사가 눈을 가늘게 뜨며 물었다.

"그게 무슨 소립니까?"

"저는 분명 저번 주에 401호에 사는 분과 함께 있었다는 알리바이를 제시했던 것으로 아는데요. 그럼 저는 이 자리에 없

불타지 않은

어도 되는 것 아닙니까?"

정석화에게는 알리바이가 있었고, 알리바이가 없다 해도 방화범으로 몰릴 이유가 없었다.

"저는 피해자입니다. 저뿐만 아니지요. 이곳에 모인 모든 이들은 화재로 인한 피해자입니다."

경찰 측이 방화범을 잡으려는 정성은 알겠지만, 대강당에 모인 이들의 수가 스무 명 남짓이었다.

"한두 명도 아니고, 이 많은 사람들을 하루 안에 조사할 수 있는 겁니까? 세상에 한가한 사람은 없습니다. 의심받아 좋은 사람도 없고요."

의심을 하는 것이 형사의 직업적 소양일지는 몰라도, 이리 많은 사람들의 일상을 파괴하는 것은 좋지 않았다.

정석화는 무엇보다 화재 사건에 더 이상 연루되고 싶지 않았다.

"전 이만 제집으로 돌아가고 싶네요."

정석화는 모든 게 귀찮았다. 방화범이라는 의심을 받고 있는 것도 마음에 들지 않았다.

'그까짓 현관문. 몇 푼이나 한다고.'

어차피 조사가 들어가도 정석화가 받을 보상 같은 건 없다.

정석화는 한때 기자 생활을 했다. 그때 화재로 인해 냄새가 스며들어도 그것으로는 제대로 된 보상을 받기 어렵다는 걸 들은 바가 있다. 보상을 받을 수 있다면 현관문 정도인데 피해가 크지 않아서 굳이 보상받지 않아도 미련이 남지 않았다.

"저는 화재로 인해 잃은 것도, 얻을 것도 없습니다. 이번 사건으로 보상받은 것도 없습니다. 범인으로 몰린 적 있는 상황에서, 제가 굳이 협조를 할 필요가 있을까요?"

그곳에 있던 사람들은 꿀 먹은 벙어리가 됐다. 정석화는 그들의 태도를 살피며 한쪽 입꼬리를 올렸다.

아파트 시세를 걱정한 주민들 덕에 복도는 말끔해졌고, 현관문은 그의 사비로 바꾸어 달았다. 아쉬운 것은 없었다. 화재는 정석화에게 그저 남의 일일 뿐이었다.

한편, 정석화의 발언에 그를 주목하던 누군가가 눈을 번득였다. 형사다.

"402호 사는 정석화 씨?"

"네."

"정석화 씨의 입장, 여기 계신 많은 분들도 이해는 갑니다. 하지만 방화범은 아직 잡히지 않았으니 협조 좀 해주시죠."

안광(眼光)에 담긴 못마땅함만큼 말투도 껄렁했다.

"협조가 필요하다면 하겠습니다. 하지만 지금 협조가 필요한 건 맞습니까?"

정석화는 이전에 자신을 의심하던 이들의 시선을 기억한다. 괜히 찔러보기나 하는 형사가 못마땅했다.

"형사님 말대로 이 아파트에서 벌어진 게 방화라고 합시다. 그런데 그 뒤로 10일도 더 지났잖아요. 안 그럽니까?"

"그렇죠."

"그럼 방화범은 이제 방화를 저지르고 싶은 마음이 없는 거

불타지 않은

아닐까요? 현장은 이미 다 타버렸으니 방화범에 대한 증거도 없을 테고요."

증거 따위가 나오질 않았으니, 아직도 아파트 주민을 잡고 있을 터였다.

"이럴 시간에 죽은 사람들이 가진 원한 관계나 살피는 게 어떻습니까? 괜히 여기저기 찔러보지 말고."

현장도 정리될 만한 시간이니 방화범은 이미 증거가 될 만한 건 전부 다 없앴을 텐데.

지금 경찰의 행동은 뒷북밖에 되지 않았다.

정석화의 말에, 대강당에 모인 많은 사람들은 동조하는 눈치였다.

"저 남자 말도 틀린 건 아니야. 솔직히 요즘 누가 옆집이랑 대화하며 살아. 여기 모인 사람 대부분은 죽은 사람이 어떻게 생긴 지도 모른다고."

"이봐요. 난 오늘 이 상황 때문에 회사도 못 갔다고요!"

"난 가게 문도 닫았소. 손해가 얼만 줄이나 알아?"

"여러분, 조금만 진정하시고……."

사람들의 항의 소리가 높아지자, 형사는 손수건으로 땀을 닦았다.

자리에서 일어나는 사람이 하나둘씩 늘었다. 관리사무소장이 말려봤지만 시류(時流)는 이미 거스를 수 없는 지경이었다.

자리에서 일어난 사람 중 하나는 정석화의 어깨를 두드려 주기까지 했다.

"젊은 사람이 잘 나섰구먼. 사실 속이 시원했지. 조사도 좋지만, 산 사람은 먹고살아야 하는데 말이야. 가세. 기분도 꿀꿀한데, 낮술 어떤가? 한 살이라도 많은 내가 나섰어야 하는데, 말이야."

"별말씀을요."

잘 알지도 못하는 사람과 낮술이라니. 마음이 가지는 않았으나, 나가서 거절해도 늦지 않았다. 정석화는 사람들을 따라 대강당을 나왔다.

그들이 향한 곳은 아파트 앞의 한 식당이었다. 함께 온 사람은 네댓 명 정도 되었는데, 그중에 정석화도 있었다.

정석화의 행동을 치하한 704호 박 씨가 그를 놔주지 않았기 때문이다.

"한잔하겠어?"

"아…… 전 일이 있어서."

"아, 그래?"

"아, 성님. 저 청년은 두고 나나 주소."

초면인 사람들이지만 자리는 시끌벅적했다. 주제는 당연히 4층의 방화였다.

"그나저나, 대체 어쩌다 우리 아파트에 이런 일이 생겼나 모르것네."

"글쎄 말입니다."

"전 요즘 잠이 안 옵디다. 혹시 누가 우리 집에 불 지를까 봐요."

불타지 않은

"으따, 설마 그런 일이 있것습니까?"

"하지만 4층 화재가 방화라잖아. 우리가 다 방화범으로 의심받은 거 아녀."

"그나저나, 402호 청년은 운이 참 좋구먼."

"글쎄 말이여. 으째, 그 집만 고라고 멀쩡하디야."

주변의 시선이 정석화에게 몰렸다. 흥미 반, 의심 반이라 정석화는 입을 열지 않을 수 없었다.

"운이 좋았지요, 뭐."

화재로부터 안전했던 이유를 설명하자, 사람들은 저마다 훈수를 뒀다.

"흐미. 글쟁이람서, 으찌 집에 있는 가구를 다 칠했소."

"그래도 다행이네요. 그 페인트 안 썼으면 어쩔 뻔했어요."

"손가락을 보니 허여멀건 해서. 생긴 건, 힘도 한짝 못쓰게 생겼는데, 의외로 잘하는가 보네."

사람들은 돈을 아끼기 위해 손수 집을 가꿨다는 정석화에 놀라워하기도 했고, 의외라 생각하기도 했다.

"저도 다음에 집안 인테리어 바꿀 일 있으면 셀프인지, 뭐시깽인지로 해야 것어."

"아니지. 요즘 세상에, 돈만 가져다주고 이걸로 해주세요, 하믄 다 해주는디."

"그건 그러네요. 근데, 그 페인트가 엄청 좋기는 한가 봐요."

"글쎄 말이여. 근데 그 페인트가 뭐라고?"

저마다 한마디씩 보태다 보니, 자리는 금세 파장할 때가 됐다. 다들 자리에서 일어나 각자의 집으로 향했다.

"저는 가게를 나가봐야 해서, 저쪽으로 가겠습니다."

"난 오늘 하루 휴가니, 뭐."

"다음부터는 엘리베이터에서 보면 인사라도 하고 지내자고. 술친구도 하고, 말이여."

바른 아파트 404호에 다다른 사람들은 조금씩 흩어지기 시작했다.

그때, 관리사무소에서 봤던 형사가 순경을 대동하고 나타났다.

사람들은 저마다 경계하는 눈으로 형사를 봤다.

그들의 시선 때문인지, 형사도 그들을 향해 다가왔다. 아니. 정확히는 정석화에게 다가왔다.

겨우 두어 걸음 정도로 거리를 좁힌 형사의 태도는 위협적이었다. 그렇다 보니, 정석화도 고운 말이 나가지 않았다.

"뭡니까?"

"당신을 공무집행방해죄로 체포합니다. 당신은 변호사를 선임할 권리가 있으며……."

나름의 발버둥도 쳤지만, 책상에 앉아 글만 쓰는 정석화의 버둥거림은 순경 둘을 이길 수 없었다.

"어이! 이거 안 놔? 어이!"

결국 정석화는 아파트 주민들이 보는 앞에서 경찰청으로 끌려가게 되었다.

불타지 않은

"대체 내가 뭘 했다고 공무집행방해죄란 겁니까? 설마 당신한테 제대로 수사한 거 맞냐고, 몇 마디 했다고 공무집행방해?"

경찰청에 도착해 형사와 마주앉은 정석화는 부아가 치밀었다.

"아이고, 씨발. 어디 경찰 무서워서 말 함부로 하겠나. 이런 게 바로 표적 수사인가? 이야! 난 내가 80년대 박통 시절에 사는 줄 알았네."

하지만 이죽거리는 정석화의 말에도 형사는 감정을 드러내는 말을 하지는 않았다. 다만 표정에는 심술이 가득했다.

"이름, 이름!"

오기만 남은 정석화는 절대 이름을 대지 않았다. 대신 엄포를 놨다.

"나 이거, 명예훼손으로 고소할 겁니다. 그리고 언론에도 고발할 겁니다!"

단지 엄포만은 아니었다.

무협 소설가로 이름을 날리기 전의 정석화는 한 신문사의 연예부 기자였다. 한때는 사회부에 있기도 했다. 덕분에 지금도 많은 동기들이 언론사에 있고, 그중에는 사회부 기자도 있었다.

당연하다면 당연하지만, 정석화의 눈앞에 있는 형사는 그 사실을 모르고 있었다.

"어이구. 거, 무서워서 원."

형사는 코웃음을 쳤다.

"이보세요, 정석화 씨. 당신 같은 사람이 얼마나 많은 줄이나 압니까?"

그런 놈이 한둘이냐고. 그 말에 누가 넘어가 줄줄 아느냐고. 형사는 정석화를 마구 조롱했다. 전화기를 그 앞에 놓아주기까지 했다.

"고발? 얼마든지 하세요. 얼마든지. 왜, 전화하게 자리도 피해 드릴까?"

정석화는 그 기회를 놓치지 않았다.

불과 3개월 전, 경찰출입 사회부 기자가 되었다고 으스대던 친구를 떠올렸다. 고등학교, 대학교는 물론 직장 동기까지 질긴 인연을 이어갔던 녀석이었다. 전화를 걸자, 몇 번 울리지도 않은 전화를 받은 동기는 마침 이곳에 있다고 했다.

거짓은 아니었는지 그는 금방 정석화 앞에 나타났다.

한껏 으스대던 형사는 기자출입증을 가진 기자의 등장에 꿀먹은 벙어리가 되었다.

"정석화 너, 대체 어떻게 된 거야? 이 상황은 또 뭐고?"

"어떻게 된 거기는. 근데 김영환이 너, 시간 되냐?"

껄렁한 말투로 묻는 정석화의 모습을 본 김영환은 옆에 다른 사람이 있다는 것도 잊고 물었다.

"……무슨 개소리야?"

"개소리는. 화재 피해자가 공무집행방해죄로 기소되는 기적의 논리 좀 들어보라고 불렀더니.”

“……뭐?”

껄렁한 정석화의 말에 미간을 찌푸렸던 것도 잠시, 기자답게 눈치가 빠른 김영환은 정석화의 의도를 금세 간파했다.

“말해 봐. 나, 이제 직급 많이 올라서 경찰청 출입기자도 된 거잖아. 고등학교 때부터 직장까지 질긴 인연인데, 내가 아주 특종으로 때려 주마.”

‘경찰청 출입기자’라는 단어에서부터 얼굴을 붉힌 형사는 ‘직장’과 ‘질긴 인연’이라는 단어에서 붉으락푸르락한 표정으로 변모했고, ‘특종’이라는 단어에는 얼굴이 새하얗게 변했다.

“흠흠. 뭔가 오해가 있는 것 같습니다.”

“오해입니까?”

“아, 그럼요.”

형사가 손을 비볐다.

‘오해는 무슨.’

그 모습을 본 정석화가 노골적인 코웃음을 보였으나, 형사는 모른 척했다.

“401호와 404호는 집도 타고, 사망자가 있다 보니 402호에 거주하시는 분부터 조사하는 것뿐입니다. 방화 사건으로 가족을 잃었으니, 그 마음이 오죽하시겠습니까. 아무쪼록 오해 안 하셨으면 좋겠습니다.”

상대가 이토록 저자세로 나오자, 김이 샜다. 정석화는 이쯤에서 물러나기로 했다.

"그렇다면, 전, 이만."

정석화는 오랜만에 만난 동기 동창에게 거하게 밥이나 사야겠다고 생각하며, 자리에서 일어났다.

불타지 않은

방화 용의자

"방화? 대체 그게 무슨 소리야?"

김영환의 눈이 대어를 낚은 낚시꾼의 것처럼 반짝였다.

기자란 본디 기삿거리를 얻기 위해 수단과 방법을 가리지 않는 존재였다.

전직 기자였던 정석화는 이 점을 잘 알고 있었다. 그래서 더욱 자괴감이 밀려왔다. 다른 방법을 썼어야 했는데……. 김영환이 사는 비싼 회가 입안에서 겉돌았다. 그건 옆에 있는 형사도 마찬가지일 터였다.

정석화는 옆에서 질문 세례를 받는 형사를 응시했다.

"방화는 확실한데, 범인이 아직 잡히지 않았다는 겁니까?"

"네."

"그리고 4층에서 멀쩡한 건 석화네……, 아니. 정석화 씨 집, 402호밖에 없고요?"

"…… 네."

형사는 음식이 입으로 들어가는지, 코로 들어가는지 모를 표정을 짓고 있었다.

한편, 김영환은 정석화를 타박했다.

"야, 인마. 너는 그런 일이 있으면 연락을 해야지. 어쩜 그렇게 입을 싹, 닦냐? 우리 우정이 그것밖에 안 돼?"

우정 같은 소리 한다는 소리가 목 끝까지 차올랐지만, 정석화는 조용히 입을 다물었다.

동석한 형사는 찝찝한 표정으로 김영환에게 부탁했다.

"저……, 방화범이 잡힐 때까지는……."

"아! 그럼요! 제가 기자생활이 몇 년인데, 그거 하나 못 지킵니까. 저 김영환이, 의리 하나는 정말 기가 막힌 사람입니다."

김영환은 자신을 믿으라고 큰소리를 쳤다. 물론, 공짜는 아니었다.

"독점 보장까지 해주셨는데요. 오래는 힘들겠지만 한 달 정도는 입 닫고 있겠습니다."

입에 지퍼를 채우는 시늉까지 하는 김영환의 얼굴은 밝았다. 기분을 풀어야 한다며 정석화와 악연일 수 있는 담당 형사를 우격다짐으로 함께 데리고 온 김영환이다. 분위기는 다소 어색했지만 개의치 않았다.

경찰청 출입기자로서 형사와의 신뢰도 구축하고, 독점 기사도 얻고. 김영환에게 있어 오늘은 누가 뭐래도 일석이조였다.

한편, 잃는 것뿐인 사람도 있었다.

"혹시 걱정되시면 정석화만 믿으면 됩니다. 정석화가 원래 이렇게까지 나서는 놈이 아닌데도 형사님 돕겠다고 이렇게 협조적이지 않습니까."

불타지 않은

이상함을 느낀 정석화의 시선이 김영환을 향했다. 하지만 그럼에도 김영환의 입은 멈추지 않았다.

"걱정 마세요. 제 친구가 방화범 잡으려고 난리입니다. 보기에는 이래도, 기자 시절부터 다져진 깜냥이 있어서 주변 탐문부터 주민들 협조 요청까지. 벌써 다 했을 겁니다. 그렇지, 친구야?"

"뭐? 내가 왜 그래야 해?"

정석화는 동석한 형사가 마음에 들지 않았다. 범인을 잡기 위해서라 한들, 자신을 곤경에 밀어 넣는 사람을 도울 만큼 호인도 아니었다. 그리고 유유상종이라 호인이 아닌 것은 정석화만이 아니었다.

"어이, 친구. 아까 곤경에 처한 너를 구해준 사람이 누구였지?"

"……너."

"넌 그 많은 취재를 하고도 느낀 게 없냐? 세상에 공짜는 없다."

정석화는 김영환이 순순히 물러나지 않을 것이란 사실을 직감했다.

'이런 걸 보고, 여우를 만나려다 호랑이를 만난다고 하는 건가.'

자신의 처지를 인지한 정석화는 결국 물을 수밖에 없었다.

"……뭘 어떻게 하라고?"

"어떻게 하긴. 니가 선동한 동네 주민들 마음부터 돌려야지."

"선동이라니?"

정석화가 말끝을 흐렸다.

"들어 보니, 니가 제일 먼저 나섰다며, 그게 선동이 아니면 뭐냐?"

"야, 내가 내 입으로 말도 못하냐."

"웃기지 마. 기자 나부랭이였던 네가 세 치 혀의 한마디가 미치는 영향을 고려하지 않았을 리 없잖아."

"아니거든. 그리고 내가 기자 그만둔 지가 한참인데……."

정석화는 들릴 듯 말 듯한 소리로 중얼거렸다.

"개수작 부리지 마라."

다른 사람은 몰라도 자신은 속이지 못한다는 김영환의 말에, 정석화는 내심 찔끔했다.

불만이 가득한 상황에서, 주변에서 가만히 있지만은 않을 것이란 계산이 없었다면 거짓말이다.

"너. 범인 잡을 때까지 협조해. 주민들도 협조하는 쪽으로 돌려놓고."

"야. 넌 말이 되는 소리를 해."

"말이 안 될 건 또 뭐야?"

김영환의 막무가내에 정석화는 질색했다.

"'열 길 물속은 알아도 한 길 사람 속은 모른다'고 하잖아. 몰라? 사람들 마음을 어떻게 돌려."

"야. 말 안 하려는 것도 집요하게 파고들고, 마음 바꾸게 하는 게 기자야. 못하긴 왜 못해!"

불타지 않은

"그게 되면 내가 현직에 있지, 왜 전직했겠냐?"

"설득하려는 사람 마음을 읽어야지."

"내가 무슨 궁예도 아니고."

정석화가 관심법을 사용하지 않는 이상 사람의 마음을 읽을 수 있을 리가 없다. 누가 화재를 일으켰는지 알게 뭔가. 어차피 한 번 불 지른 데 두 번 불 지를 리도 없는데.

시답지도 않은 소리에, 정석화는 자리에서 일어났다.

"나 간다."

"어이! 정석화! 정석화!"

정석화는 그 부름을 무시했다. 그리고 소설과 만화책 따위를 무더기로 빌렸다. 화재에 대한 것은 머리에서 날리고 마감을 누리기 위함이다.

하지만 마감 후 휴식을 만끽한 것을, 정석화는 두고두고 후회하게 된다.

**

3주 후. 바른 아파트 404호 주민들이 모였다.

그들의 대부분은 4층 화재로 인해 직접적이든, 간접적이든 간에 피해를 입은 적이 있는 이들이었다. 그 자리에는 화재 소식을 접한 정석화와 분한 표정을 한 김영환도 있었다.

"와. 진짜. 상도덕 없는 새끼들. 감히 내 독점 기사를 찔러 봐?"

김영환은 연신 씨근덕거렸고, 그의 분기는 정석화에게도 미쳤다.

"그러니까, 니가 조금만 더 협조했어도……. 아."

하지만 김영환은 곧 후회했다. 까칠한 정석화의 얼굴이 더 어두워졌기 때문이다.

"……미안."

"아니, 니 말 맞는데 뭐."

경찰은 방화라고 했지만, 정석화는 내심 사고일 거라고 생각해왔다. 그렇기에 또다시 화재가 발생할 줄은 몰랐다. 그로서는 생각지도 못한 전개였다.

어두워진 친구의 표정에, 김영환은 애써 위로했다.

"야, 별것 아니야. 죽은 사람도 없고. 그냥 산책로 조금 탄 건데."

"하지만 사람이 다쳤잖아."

며칠 전, 정석화의 동네에 조성된 산책로에서 화재가 발생했다.

동네, 특히 바른 아파트 주민들은 요즘 동네가 뒤숭숭하다며 불안해했다.

화재의 원인은 담뱃불이라고 했다.

'풀 많은 산책로에 왜 담배를 함부로 버려서는. 이게 다 자업자득이지, 뭐.'

하지만 경찰은 비슷한 시기에 발생한 화재를 의심했다. 특히 혈흔이 묻은 칼이 발견되자 인근에 발생한 사건들을 수소

불타지 않은

문했다고 했다. 그 안에 바른 아파트 방화사건도 용의선상에 올랐다.

불행 중 다행으로 혈흔이 묻은 칼은 갑천에서 낚시를 하던 다른 동네 주민의 것이었으며, 조사결과 칼에 묻은 피는 낚시꾼의 것이었다. 갑천에서 잡은 피라미를 손질하다 손을 베였다고 했다.

비록 발견된 칼은 사건과 관계없는 해프닝으로 끝났지만, 정석화의 마음은 뒤숭숭해졌다.

"……내가 사람들을 설득했으면, 불이 나지 않았을까."

"너, 설마! 너 때문에 화재가 발생한 거라고 생각하는 거야?"

김영환의 물음에 정석화는 차마 답하지 못했다. 김영환은 자책하는 정석화가 안타까울 뿐이었다.

"너답지 않게 착한 척은……. 니가 범인이냐? 그리고 경찰이 모두 맞을 거라는 편견을 버려. 이건 그냥, 공중도덕을 지키지 않았거나 어린애들이 불놀이를 한 걸 어떻게 엮어서 스포트라이트 좀 받으려는 것뿐이니까."

어떻게 엮어서 언론에 주목받으면 그 형사는 단숨에 스타가 된다. 그리고 이는 승진에 큰 도움이 될 터다.

김영환은 냉소적인 반응이었다.

한편, 정석화는 그저 찝찝했다. 화재의 원인은 담뱃불이니, 김영환의 말은 틀리지 않았다. 하지만.

"같은 동네에서 며칠 사이에 이렇게 여러 번 불나는 게 우연일 것 같지는 않아. 네 말을 들을 걸 그랬어. 내가 귀찮다는 생각만 안 했으면 이번 사건이 발생하지 않을 수도 있었을 텐데."

범인을 조금 더 일찍 찾을 수도 있고, 화재가 발생하지 않았을지도 모른다. 막을 수도 있었을 것이라 생각하니 정석화는 마음이 무거웠다.

"신경 쓸 거 없어."

"하지만……."

정석화는 말을 흐렸다. 그답지 않은 모습에 김영환이 피식, 하고 웃었다.

"야. 솔직히, 너한테 협조하라고 히긴 했어도 그게 뭐 기창한 이유 때문이겠냐. 독점 기사 좀 뽑아 보려고 한 거지. 시발. 세상에 아무런 일도 없으면 기자는 뭐 먹고 살라고."

독점 기사에 대한 김영환의 열의는 대단했다. 본래 인간은 그런 생명체였다.

"넌 여기 살면서 동네 주민들이 하는 소리가 안 들리냐?"

김영환이 귀를 후비며 아파트 주민들을 향해 눈짓했다. 정석화의 시선이 그쪽을 향하자, 복잡한 마음에 들어오지 않던 말들이 귀에 들어왔다.

"아니. 솔직히 말이여. 나랑 뭔 상관이 있다고 이런단 말이여."

"죽은 사람은 불쌍해도 산 사람은 산 사람의 인생이 있는데, 경찰들은 대체 왜 그러는지 몰라."

"사람을 몇 번이나 부를 셈인지. 일요일이니, 나 같은 사람이야 쉬지만, 아직은 일요일에 영업하는 데도 얼마나 많은데. 이렇게 여러 번 부르는 것도 결국은 경찰이 무능해서 아닌가."

불타지 않은

"XX부동산 이 씨, 알지? 그치 말 들어보니까, 화재 난 아파트라 벌써 집값이 떨어지려고 한디야."

"어휴. 내가 이 집 산다고 말이야……."

사람들은 연신 불평했다. 그 모습에 정석화가 남몰래 혀를 찼다. 그때, 그에게 다가오는 이가 있었다.

며칠 전 그와 함께 식사한 무리의 대장격인 704호 박 씨였다.

"어이쿠, 동생 왔는가."

정석화는 애써 입꼬리를 올렸다. 겨우 두 번 마주한 자신에게 '동생'이라는 표현을 쓰다니. 그는 704호 박 씨의 사교적인 태도가 몹시 불편했다. 표정에서 드러날 정도로.

"안녕하세요."

어색한 표정을 지은 정석화에 비해, 704호 박 씨는 몹시 자연스러웠다.

"그나저나 동네가 시끄러워서 우째야 할지 모르겠구만."

중간중간 사투리가 섞인 남자의 말은 정겨웠지만, 귀찮은 기색이 역력했다.

어쩌면 당연했다. 현재 산책로 화재가 방화라는 것을 아는 것은 정석화가 유일했기 때문이다.

"터가 안 좋은가. 며칠 새에 벌써 몇 번인지. 근데, 대체 어떻게 된 거여?"

"글쎄요."

"자네도 모르는가?"

넌지시 소식을 묻는 그에게, 정석화는 잠시 김영환에게 들은 소식을 말할까 망설였다. 하지만 이내 마음을 접었다.

경찰이 산책로 방화와 4층 화재가 동일범의 소행이라고 의심하고 있다는 사실을 아는 사람은 많지 않다. 아니, 적어도 아파트 수민늘 중에는 없었다.

그러니 형사가 주민들에게 알리기 전까지는 입을 다물어야 한다는 것이 정석화의 생각이었다.

"……네."

"에잉. 젊은 사람이 그렇게 소식이 어두워서야."

704호 박 씨가 혀를 찼다.

"그럼 내가 알려주지. 마침 내가 짐작하는 게 있거든."

"짐작 가는… 거요?"

"응. 내가 이래 봬도, 수사드라마를 겁나게 잘 보거든. 그리고 뉴스에서도 그렇게 때려대는데, 모르기도 힘들지, 뭐."

"아……."

정석화는 그제야 지역신문에 나온 기사를 떠올렸다.

'한 달 사이에 같은 동네에서 발생한 화재사건. 과연 우연일까.' 굵은 글씨로 강조된 의문은 짙은 의혹을 불러일으켰다.

형사는 화재에 대한 소식을 알릴 의무감에 이런 자리를 만들었겠지만 글쎄. 이미 신문을 통해 나온 기사와 다시 찾아온 형사를 보고 화재에 대한 의혹을 갖지 않는 게 더 이상하지 않을까.

용의자 리스트에 이름을 올린 사람들과 피해자들을 함께 부른 걸 보면, 고시(告示) 의무만을 생각한 것 같지는 않았다. 에초에 기자인 김영환이 정석화가 사는 아파트 관리사무소를 찾

　　　　　　　　불타지 않은

아온 것 자체가 웃기는 일이다.

704호 박 씨가 친분 있는 다른 주민들을 찾아가는 사이, 정석화는 주변을 두리번거렸다. 때마침 형사가 빠른 걸음으로 대강당에 들어왔다.

사람들의 시선이 형사에게 모였다.

"흠흠. 안녕하십니까? 저는 이 동네에서 일어난 화재 사건들을 담당한 강력계 송범준 형사입니다. 오늘 여러분께 찾아온 이유는 화재에 대한 소식을 전하고 협조를 구하기 위해서입니다. 저희 경찰은……."

담당 형사가 아파트 주민들을 모아 두고 한 발표는 대부분 김영환을 통해 들었던 내용들이었다.

한편, 김영환은 이미 들은 내용일 텐데도 연신 노트북을 두드렸다. 힐끔 쳐다보니 내용이 참 거창했다.

'피해 지역 주민을 가장 먼저 찾아간 참된 경찰. 하루라도 빨리 범인을 잡기 위해 잠도 줄여……? 그 심술 가득한 표정을 봤어야지. 화재 사건이랑 어떻게 엮어 보려는 게 뻔한데.'

두 화재 사건을 연결해 보면 찜찜한 것은 사실이다.

하지만 조사에 방해된다는 이유로 공무집행방해죄를 적용하려 한 것을 아는 정석화로서는 코웃음 칠 일이다.

더불어, 기자였던 정석화는 김영환이 남의 아파트 관리사무소에까지 찾아온 이유도 알 수 있었다.

경찰은 언론의 반응에 민감하고, 언론에 알려진 사건이니 하루라도 빨리 범인을 검거해야 할 터. 형사가 느끼는 압박감 또

한 상당할 테니, 보험용 기사를 하나 투척해 달라는 부탁을 받은 모양이다.

정석화가 발표 중인 형사, 송범준 형사를 응시했다.

현재, 형사는 며칠 전 동네 산책로에서 발생한 방화 사건과 아파트 화재 사건 사이의 상관관계를 설명하느라 분주했다.

"아파트 화재에 사용된 시너는 OO페인트 회사의 제품입니다. 산책로에 뿌려져 있는 것 역시 마찬가지고요."

신문기사를 통해 뒤숭숭했던 분위기가 더 혼란스러워졌다.

"우리도 위험한 거 아니에요?"

"어디 무서워서 살 수 있겠어."

"아이고, 세상에. 그럼 동네에 방화범이 있다는 겨."

이런 상황을 짐작한 형사는 주민들이 안심할 만한 말을 내뱉었다.

"노파심에서 하는 말이지만, 동네에서 두 차례의 방화가 발생했다고 해서 방화범이 반드시 동네 사람인 것은 아닙니다."

바른 아파트가 있는 청림동에는 바른 아파트 외에도 5개의 아파트 단지가 있었다. 그에 딸린 상가도 많았으며, 상가에 자리를 튼 온라인 쇼핑몰 업체나 중소기업도 몇 개쯤 되었다.

형사는 이 점을 분명히 했다. 그러자 누군가가 손을 들었다.

404호에 사는 대학생이었다.

"그럼 범인은 주변에 있는 회사 직원입니까?"

"그건 아직 밝혀진 바가 없습니다."

조심스럽게 말하자, 404호 대학생이 날카롭게 물었다.

불타지 않은

"그럼 밝혀진 건요?"

하지만 형사가 말할 수 있는 것은 없었다.

"방화범의 경우 검거에 많은 시일이 걸립니다. 현장에 증거를 남긴다 해도 방화로 인해 증거가 훼손되니까요."

"그럼 밝혀진 게 아무것도 없다는 말입니까?"

형사가 말을 아꼈다.

"저희가 밝힐 수 있는 건 여기까지입니다."

실제로 밝혀진 것도 없지만 당분간은 밝힐 것이 있다 해도 말할 수 없을 터였다. 상황에 따라서는 범인이 도주할 수도 있기 때문이다.

"이곳을 나가시면 순경들이 몇 가지 질문을 드릴 겁니다. 성실하게 임해 주시고, 혹시 주변의 누군가가 수상한 행동을 하고 있다면 반드시 경찰을 불러 주시길 부탁드립니다."

형사의 발표는 신문기사에 나온 것과 다를 바 없이 알맹이 없이 끝났다. 형사에게 질문을 던졌던 404호 대학생이 요란한 소리를 내며 대강당을 뛰쳐나갔다. 동행했던 그의 어머니는 아들을 어르기 위해 뒤쫓아 나갔다.

정석화는 404호 대학생이 안타까웠으나, 대강당에 모인 사람들은 그 모습을 보며 어린놈이 싸가지가 없다고 수군거렸다. 하지만 그것도 잠시. 대다수의 사람들은 질문을 던지는 순경들을 피해 대강당을 빠져나갔다.

'갑자기 아버지를 잃었으니 그 마음이 오죽할까.'

정석화가 혀를 차는데, 그의 행동을 눈치챈 김영환이 물었다.

"화재 피해자야?"

"응. 같은 층에 사는 404호 학생."

"안 됐네……."

"범인이 잡힌다고 해도, 죽은 사람이 돌아오는 건 아니니까."

5년 전 돌아가신 할아버지를 떠올리니 정석화는 아버지를 잃은 404호 학생이 안쓰러웠다.

그 모습에 김영환이 새로운 정보를 풀었다.

"걱정 마. 어쩌면 범인이 금방 잡힐지도 모르니까."

의미심장한 말에, 정석화의 시선이 김영환에게 향했다.

"그게 말이야……, 너 산책로 화재 피해자 알지?"

"니가 어제 전화로 말했잖아."

형사의 발표는 끝났지만, 주변에는 아직 사람이 남았다. 이 때문에 정석화는 주변을 두리번거리며 전날의 통화를 상기했다.

갑천 산책로에서 발생한 화재 피해자는 청림동의 주택가에 거주하는 김정희였다.

"내가 어제 형사님한테 들었는데 말이야. 그 양반 나이는 겨우 사십 하나인데, 이혼은 벌써 두 번이나 했다지 뭐야."

김영환의 목소리는 의심으로 이끌듯 낮고 음침했다. 하지만 정석화는 이를 눈치챘음에도 별다른 생각이 없었다.

"요즘 같은 세상에 이혼 두어 번이 뭐 그리 흠이라고."

정석화의 시큰둥한 반응에도 김영환은 피해자에 대해 설명을 멈추지 않았다.

"물론 이혼 두 번은 흠도 아닌 세상이긴 하지. 하지만 이혼

불타지 않은

사유는 문제될 수 있는 거 아니냐.”

“……이혼 사유?”

“어. 이혼 사유가 극심한 우울증과 분신자살 미수 때문이래.”

정석화의 눈이 크게 떠졌다.

김영환은 정석화가 놀란 모습이 뿌듯한지 콧대를 세웠다.

“어때? 이래도 문제될 게 없어?”

“야. 빨리 말해봐.”

“하여튼. 제멋대로긴.”

좀 구시렁거리기는 했지만, 김영환은 설명을 그만두지는 않았다.

“글쎄, 김정희 씨가 두 번째 결혼을 했던 전 부인 앞에서 분신자살을 하려고 했다는 거야.”

우울증이 극심했던 김정희는 분신자살까지 시도하고야 말았다. 비록 전 부인의 재빠른 대처로 미수에 그치기는 했지만, 제법 심각했던 상황이라고 했다.

“첫 번째는 우울증으로 자해하는 바람에 가정폭력 신고도 들어왔던 모양이야. 첫 번째 결혼은 그걸로 끝. 뭐……. 두 번째 결혼은 좀 짧았어. 겨우 칠 개월 만에 끝났거든.”

“……좀 수상하긴 하네.”

“그렇지? 사실 경찰은 처음에 화재로 인해 사망했던 김귀자 씨 아들을 의심했던 것 같기도 해. ……그 할머니가 손주를 대하는 방식이 좋지는 않았거든.”

주변 이웃들 사이에서 이번 사건으로 사망한 김귀자가 손주

에게 아들 인생을 망쳤다며 막말을 하는 것을 본 적이 있다는
증언이 나왔다.

정석화도 본 적이 있었다.

"나도 봤어. 죽은 사람에 대해 나쁘게 말하고 싶지는 않지만."

묵은 기억을 떠올리니 괜히 입맛이 썼다.

"아마 너와 함께 있어서 알리바이가 성립되지 않았다면 바로
구속 조사했을 걸."

정석화는 우연이란 참 얄궂다는 생각을 했다. 그저 밥 한번
같이 먹었을 뿐인데 서로의 알리바이가 되어 주다니. 그는 범
인이라는 의심에서 벗어나서 다행이라고 해야 할지, 어이가 없
다고 해야 할지 모르겠다는 생각이 들었다.

"어쨌든 경찰 입장에서는 잘 됐지. 너나 그 의사 양반이나.
식당 영수증이 있으니 알리바이도 확실했겠다, 경찰도 의심할
놈이 없어서 얼마나 난처했겠어. 이참에 의심할 놈 찾았으니
잘 됐지. 그런 놈이 사회에 멀쩡하게 살고 있다니. 거 참–."

김영환이 혀를 찼다.

비록 그게 사회적 문제가 되기는 할지라도, 업무가 과중하다
보면 실적에 미미한 사건은 누락시키기도 하는 법이었다. 그게
가정폭력이면 더더욱 그랬다.

아마 김정희가 분신자살을 시도하지 않았다면, 김정희의 이
혼사유는 흔히 말하는 '성격 차이'로 끝났을 수도 있었다.

"하여튼, 경찰들이란……."

정석화가 경찰의 일 처리에 대해 비난했다. 그때였다.

"그래서 김정희 씨가 살던 가원동 상황을 알고 있는 가원동 지구대 순경들을 불러 상황을 전해 들었습니다. 아. 물론 청림동 지구대에도요."

담당 형사인 송범준 형사의 등장에, 혀를 차던 정석화의 표정이 굳었다. 김영환 역시 당황한 듯 입꼬리가 파르르 떨렸다.

그나마 다행인 건 송범준 형사가 그들의 대화에 별다른 불만을 표하지 않았다는 거였다.

"오, 오셨습니까."

"네."

김영환과 형사가 인사를 나누는 사이, 정석화는 굳은 몸을 풀고 형사에게 인사를 건넸다.

"안녕하세요."

그러자 형사가 고개를 까딱, 하고 인사를 받았다.

불손한 태도가 불만스러웠지만, 찔리는 것이 있었던 정석화는 사건에 대해 물었다.

"지금 브리핑 하신 것 외에 새로 나온 건 없나요?"

그러자 송범준 형사의 눈이 가늘게 떠졌다.

"……그건 왜 물으십니까?"

끼어들고 싶지 않다고 했던 것이 보름도 되지 않았다. 때문에 정석화 자신 역시 피해자라 신경이 쓰인다는 말을 사용하는 것이 좀 민망하긴 했으나, 정석화는 얼굴에 철판을 둘렀다.

"제가 피해자이기도 하고, 다른 추가 피해가 생기기도 했으니, 신경이 좀 쓰여서 말입니다."

"저도 말씀드리고 싶지만, 규정상 협조자도 아닌데 일반인한테 사건에 대한 조사 내용을 알려드리기는 힘들어서요. 아, 물론 저희 측에 협조해 주신다면 말이 다르겠지만요."

형사의 밀에 담긴 의미는 긴단했다.

"저보고 스파이 짓이나 하라는 겁니까?"

"스파이라니요. 무슨 그런 말씀을……. 그냥 사람들의 동향을 파악해 달라는 말씀을 드리는 거지요. 여기에서 말씀하시는 내용과는 달리, 저는 그 의사 양반도 의심하고 있으니까요."

"……그러다가 수상한 점이 있으면 당신한테 말해주고요?"

"그게 정석화 씨가 대한민국 국민으로서 해야 할 의무니까요."

정석화의 미간이 찌푸려졌다.

산책로 방화 사건 이후 경찰에 협조할 마음을 가지게 되었지만 형사의 태도는 너무 고압적이었다.

"제가 싫다면요?"

"싫다면 어쩔 수 없지요. 제가 물러날 수밖에요. 하지만, 그렇게 된다면 기자님과의 거래도 없던 일이 되겠지요. 전 정석화 씨와 정석화 씨의 이웃사촌들의 협조를 이끌기 위해 당신들을 설득하기에도 바쁠 테니까요."

형사의 눈이 날카롭게 빛났다. 눈앞의 남자는 자신의 목적을 위해서는 수단과 방법을 가리지 않는 집요함을 가진 뱀이었다.

지금이야 정중한 말투를 썼지만, 협조하지 않으면 정석화를 귀찮게 할 것이 분명했다. 정석화는 눈앞의 형사가 마음에 들지는 않았지만 협조하기로 했다.

불타지 않은

"좋아요. 자리를 한번 마련해 보죠."

"감사합니다."

형사의 입꼬리가 올라갔다.

"……아. 궁금한 게 산책로 방화 사건의 피해자인 김정희 씨에 대한 거였죠?"

정석화는 그 모습이 몹시 얄밉다고 생각했다.

**

"2년 8개월간 꾸준하게 항우울제를 복용했다?"

짧다면 짧고, 길다면 길었다.

"그럼 이혼 과정에서 발생한 사건들을 일으킬 때는 어떤 약도 복용한 적이 없고요?"

송범준 형사가 고개를 끄덕였다.

그 모습에, 정석화는 범인을 단정했다.

"그럼 그 사람이 범인인가 보네요."

하지만 의아하게도, 현재 상황에서 범인 검거에 가장 목매야 할 송범준 형사가 고개를 저었다.

"꼭 그렇게만 볼 수도 없어요."

"왜죠?"

정석화가 알기로는 근 한 달을 제외하면 청림동에서 화재가 발생한 적은 없었다. 이는 둥지를 틀기 위해 발품을 팔았던 정석화가 가장 잘 알았다.

"상황은 범인이 김정희라고 말하고 있잖아요."

"상황이야 그렇죠. 하지만 전 이게 우연의 일치일 것이라 생각해요."

송범준 형사는 이혼 이후 김정희가 조용한 것이 가장 큰 근거라고 했다.

"2년 8개월간 김정희는 그 어떤 물리적 폭력을 행사하지 않았어요. 물론 경찰에 신고되지 않았기 때문인지도 모르죠. 하지만 신고하지 않을 정도의 미약한 물리적 폭력이 발생했다 해도 상황이 많이 나아진 걸 테지요."

본인 역시 개선하고자 하는 의지가 있고, 약효 또한 잘 듣고 있다는 방증이다.

아마 송범준 형사가 말하고자 하는 것 또한 그것이리라.

"게다가 김정희와 피해자들은 어떤 접점도 없었습니다. 무엇보다 김정희가 이 동네에 거주한 것도 불과 6개월 남짓이에요. 거주지 또한 주택과 아파트로 동떨어져 있고요. 굳이 방화를 일으켜야 할 이유가 없죠."

송범준 형사의 설명에도 일리가 있다. 하지만 정석화는 이해와는 별개로 걱정스러웠다.

"무슨 말인지 알겠어요. 하지만 그럼 더 위험한 것 아닙니까?"

"뭐가 말입니까?"

"두 번이나 발생한 방화가 세 번째 일어나지 말란 법은 없으니까요."

정석화의 지적에 옆에 앉아 있던 김영환이 의자를 박차고 일어났다.

"그럼 설마 방화가 또다시 일어날 거라는 말이야?"

"범행 자체도 어렵지 않잖아. 시너만 뿌려 놓으면 되는 거니까."

아파트 화재에서 직접적인 방화를 저지르긴 했지만, 불길을 번지게 하는 것은 시너였다.

범인이 되어 보지 않는 이상 방화범의 심리 따위 알 리도 없고, 알고 싶지도 않지만, 며칠도 되지 않아 같은 방식으로 적어도 동네에 발생하고 있는 방화 사건의 범인은 위험했다.

"게다가 직접적인 원인은 피해자가 버린 담배꽁초잖아. 피해자 스스로를 자책하게 하기 딱 좋지. 질이 안 좋아."

"적어도 방화를 저지른 이유가 있는지. 있다면 어떤 이유인지 알게 된다면 좀 덜하지. 하지만 만일 무차별적이라면 문제가 클 거야."

"일리 있는 말이네요. 그래서 저희 측도 피해를 입은 바른 아파트 4층 주민과 김정희 씨 사이의 공통점을 파악하려 애쓰고 있어요. 하지만……."

"아직 찾지 못했다는 말이군요."

"……네."

송범준 형사가 말끝을 흐렸다.

"같은 동네에 산다는 것 빼고는 피해자들 간의 공통점을 찾을 수 없었어요."

학연도, 지연도. 어느 것 하나 공통점이 없다고 했다.

"……그렇습니까?"

"네. 그래서 정석화 씨의 도움이 절실했죠."

"제 도움이요?"

영문 모를 소리에 정석화가 눈만 끔뻑거렸다.

"혹시 김정희 씨에 대해 뭔가 아시는 게 있습니까?"

송범준 형사의 말에 정석화의 눈이 매서웠다.

"아직도 절 의심하는 겁니까?"

"그런 게 아닙니다."

"그런 게 아니면요? 제가 분명히 말씀드렸을 텐데요. 현관문 조금 탄 것뿐이라고."

정석화는 별다른 피해가 없었고, 인테리어를 한 지도 얼마 되지 않은 집을 다시 꾸미고 싶지도 않다. 그러니 준다면야 받겠지만, 굳이 보상이 절실하지는 않았다. 그리 말했는데…….

짜증도 났다. 내가 이러려고 협조했나 싶었다. 덕분에 정석화가 유래에 없는 행동력을 보였다. 자리를 뜨려 한 것이다. 분위기가 험해졌다.

"야, 너 왜 이래?"

김영환이 만류했지만 소용은 없었다.

"내가 왜 의심을 받으면서까지 조사에 협조하냐. 내가 너한테 빚진 것도 있어서, 너의 원활한 경찰청 출입기자 생활을 위해 노력하려고 했는데 아무래도 안 되겠다."

상황이 이상하게 돌아가자 송범준 형사도 정석화를 붙잡았다.

불타지 않은

"오해입니다. 전 그저 정석화 씨도 피해자라고 생각했을 뿐입니다."

"됐습니다."

"진정하고 잠시만 들어보시면 정석화 씨도 수긍하실 겁니다."

"됐다고 했을 텐데요."

정석화는 단호했다.

그 모습에 송범준 형사가 김영환에게 눈짓했다. 김영환은 송범준 형사의 눈빛을 귀신같이 알아챘다.

"에이. 우리 베스트셀러 정석화 선생이 왜 이러시나."

"베스트셀러 같은 소리 하네. 내가 무협소설 쓸 거라 기자생활 접는다고 하니까, 니가 뭐라고 했더라? 써도 꼭 방구석 폐인들 좋아할 만한 거만 쓴다고, 굶어 죽기 딱 좋다고 했지, 아마?"

"어허ㅡ. 어떤 놈이 감히 그런 소리를 지껄였어. 걸리기만 하면 아주!"

"……됐다."

김영환의 너스레에 정석화의 태도가 누그러들었다. 그리고 송범준 형사는 그 상황을 놓치지 않았다.

"정석화 씨는 본인이 받은 피해가 별로 없다고 하셨지만 말입니다. 정석화 씨 역시 엄연한 피해자입니다. 비록 다른 곳에 비해 운 좋게 시너가 뿌려지지 않기도 했지만 정석화 씨가 새로 나왔다는 방화 제품을 사용하지 않았다면, 402호가 멀쩡했겠습니까?"

"그래. 넌 보상이 필요하니 어쩌니 했지만, 금전적인 보상이 문제가 아니야. 만약에 니가 집에 있었다면 어땠을지 생각해본 적 있어?"

"……."

정석화가 입을 닫자, 김영환은 마치 날이라도 잡은 듯 잔소리를 이어갔다.

"아무리 네 집이 멀쩡하고, 복도 복구가 끝났다지만, 벌써 집으로 돌아간 게 말이 돼? 그냥 화재가 발생해도 무서운 판에 4층 화재는 방화잖아."

"……나도 나름대로 머리 쓴 거야. 설마 한 번 불 지른데, 두 번이나 지르겠냐?"

"니가 니 입으로 말했지. 방화가 두 번이면 세 번도 발생할 수 있다고."

"……그랬지."

마치 엄마와 철없는 아들의 대화인 듯한 분위기가 이어졌다.

그때, 정석화를 잔소리로부터 구해준 이가 있었다.

"어쨌든, 저는 지금 정석화 씨에 대한 의심을 가지고 있지 않습니다."

"그럼 저에게 왜 김정희 씨에 대해 물은 거죠?"

"그거야 제가 사건을 바라본 시각도 정석화 씨와 같기 때문이죠. 제가 아까 말씀드리지 않았습니까. 바른 아파트 4층 주민들과 김정희 씨 사이의 접점을 찾았지만 아무것도 찾을 수 없었다고요."

불타지 않은

거듭된 설명에, 정석화의 마음도 누그러들었다.

"……믿어도 되겠습니까?"

정석화는 다시 자리에 앉았다.

"당연하지요. 안심하셔도 됩니다. 지금 저는 정석화 씨 주변을 탐문하는 게 더 유리합니다. 솔직히 제가 만일 정석화 씨를 의심했다면 지금 여기에서 이야기를 나눌 게 아니라, 당신을 검거했을 겁니다."

"저번처럼요?"

"네. 저번처럼요."

"……그런 거군요."

"네. 그런 겁니다."

만담과도 같은 대화가 오갔다. 그리고 그 가운데 정석화의 신경을 거슬린 부분이 있었다.

"그런데 제 주변을 탐문하는 게 유리하다는 게 무슨 소리입니까?"

"……!"

송범준 형사가 낭패한 표정을 지었다.

"혹시 경찰들 사이에 도는 기밀, 뭐 그런 겁니까?"

"그런 건 아닙니다만……."

송범준 형사의 말끝이 흐려졌다. 그리고 한참을 머뭇거리다가 입을 열었다.

"제가 한 말이 다소 불만이더라도 협조해 주시겠다고 약속하시겠습니까?"

"뭔지는 모르지만, 약속하죠. 단, 절 의심하지만 않는다면요."

송범준 형사의 행동으로 보건대 분명 뭔가 꺼림칙한 것일 터다. 하지만 정석화는 자신과 상관있는 일이 아닌 이상 아무런 상관이 없었다. 그렇기에 단언할 수 있었다.

한편, 김영환 역시 이러한 정석화의 성격을 알았기에 확실하게 보증했다.

"내가 증인 할게. 내가 특종에 목마르긴 했지만, 그거 때문에 친구한테 구라칠 놈은 아니야. 형 믿지?"

"……뭐레."

정석화는 솟구치는 민망함에 김영환을 타박했다.

한편, 정석화의 마음이 누그러졌다는 걸 안 김영환이 둘 사이에 섰다.

"물론 형사님도 제가 정석화 편에 설 거라는 걱정은 하지 않으셔도 됩니다. 물론 완전히 공짜는 아닙니다. 비록 처음의 독점은 놓쳤지만, 앞으로의 소식은 저를 통해 나가게끔 하고 싶으니까요."

김영환의 확언과 정석화의 확고한 태도에 송범준 형사도 머뭇거리던 태도를 달리했다.

송범준 형사는 말꼬리 잡던 모습을 버리고 자신의 목적을 명확히 밝힌 것이다.

"저는 피해자들 사이의 연관성을 찾고자 합니다."

"왜죠? 무차별 방화 가능성이 드러나면 비난이 커질 것을 우려하는 겁니까?"

불타지 않은

"뭐, 그런 것도 이유 중 하나죠. 하지만 그것만은 아닙니다."

송범준 형사는 만일 무차별 범죄라면 용의자 범위가 너무 넓어진다고 했다.

"이제 겨우 4층 주민들의 조사에 들어갔는데, 산책로에서 화재가 발생한 겁니다. 김정희 씨 주변 인물이나 산책로 주변 거주자를 파악하는 데는 또 얼마나 걸릴지는 생각하기도 싫군요."

특히 첫 번째 방화가 아파트에서 발생했다. 송범준 형사는 이 때문에 아파트 주민들의 알리바이만 파악하는 데에도 많은 시간이 걸렸다며, 앓는 소리를 했다.

정석화는 그 모습이 의아했다.

"4층 주민들은 의심하지 않는 겁니까?"

"아직은요."

담담한 답변에 거짓은 들지 않았다. 하지만 의외였다.

"왜 의심을 거뒀죠?"

403호에서 발생한 불길이니, 충분히 의심할 만했다. 실제로 맨 처음에는 정석화를 의심하는 듯한 태도를 보이기도 했다.

"의심할 필요가 없으니까요."

"의심할 필요가 없다고요?"

정석화가 되묻자 송범준 형사가 고개를 끄덕였다.

"아시다시피, 산책로 화재는 청림동 갑천 둔치에서 발생한 화재이지 않습니까."

"네."

"정석화 씨를 포함한 4층 주민들에게는 모두 알리바이가 있습니다. 주변 병원에서 의사로 근무하는 401호 이혁재 씨나, 소방관으로 근무하는 404호 김지영 씨는 직업상 동네에서 가까운 곳에 있기는 하지만 의심을 할 만한 정황은 없었습니다."

이혁재는 병원에서 환자를 돌보고 있었고, 김지영은 근무 중이었다. 동네에 있었다고 한들 범인이라 단정 지을 수 없다.

"게다가 404호 김지영 씨는 아버지가 돌아가신 충격으로 입원한 어머니 때문에 직장과 병원을 오가는 중이라 하더군요."

"……확실히 범행을 저지를 만한 여유는 없어 보이네요."

"네. 물론 모든 의심을 거둔 건 아닙니다. 아파트와 산책로에서 발생한 화재, 둘 다 사상자가 있는 만큼, 4층 주민들과 김정희 주변에 겹칠 만한 사람이나 원한관계를 파헤쳐 볼 예정입니다."

딱 부러지는 태도에, 정석화가 할 수 있는 것은 그저 고개를 끄덕이는 것뿐이었다. 하지만 덕분에 내심 가지고 있던 악감정이 사라지는 것을 느꼈다.

자리를 지키려고 설렁설렁 조사하거나, 표적 수사나 할 거라고 생각했는데, 다행스러운 일이었다. 마음이 풀어진 정석화는 적극적이 되었다.

"그런데 무차별 범죄일 가능성이나 김정희가 범인일 가능성은 없나요?"

"우선 김정희가 범인일 가능성은 아예 배제했습니다."

"왜죠? 범행 후 분신자살을 시도했을 가능성도 있잖아요."

김정희는 이미 분신자살을 시도한 이력이 있는 인물이다.

불타지 않은

정석화는 약물복용도 중지했으니, 얼마든지 자살 시도가 가능하다고 생각했다.

하지만 송범준 형사는 고개를 저었다.

"김정희는 최근 이혼했던 전 부인과 재결합할 예정이었습니다."

"……자기 앞에서 분신자살을 시도한 사람과요?"

"네. 쉽지 않은 선택이었을 텐데, 그랬다고 해요."

"……그렇군요. 그럼 무차별 범죄 가능성은요?"

"그건…….."

"하아ᅳ."

공간을 울리는 듯한 한숨 소리가 들렸다. 그것이 뜻하는 것은 명확했다.

"무차별 범죄일 경우는 생각하고 싶지 않은가 보군요."

"용의자 범위가 넓어지면 조사할 것이 더 많아지니까, 아무래도 그렇죠. 하지만 지구대의 순찰을 늘렸습니다."

아예 손 놓고 있지는 않다는 변명에, 정석화가 내심 혀를 찼다. 겨우 그 정도 대처로 범인을 잡을 수 있나. 조소했다. 하지만 그것도 잠시, 혀 차는 소리에 민망한 표정을 짓는 송범준 형사를 보자, 비난할 마음이 사라졌다.

사실 송범준 형사 정도면 무난한 편이었다.

정석화의 사회부 기자 시절과 주변의 기자들, 특히 김영환을 통해 들은 바를 고려한다면, 실적을 위해 표적수사를 하는 형사들은 얼마든지 많았다. 그런 면에서 보면, 김정희를 방화범으로 단정 짓지 않는 송범준 형사의 모습은 그리 나쁘지 않은 편이었다.

동네 주민을 대상으로 한 무차별 방화 가능성을 완전히 배제한 것도 아니고. 이정도면 된 거 아닌가. 게다가 송범준 형사가 무차별 방화 가능성을 조사하지 않는 이유가 있었다.

"방화범이 심리적 만족감을 느끼기 위해서는 적어도 처음보다는 더 큰 피해를 줄 수 있는 장소를 선별해야 했을 겁니다."

"적어도 인적 드문 산책로를 방화 장소로 고르지는 않았을 거라는 겁니까?"

"네. 방화범의 대부분은 타인의 반응을 지켜보려 하는데, 산책로 주변은 휑합니다. 만일 방화 후 김정희를 지켜봤다면 그 모습이 목격되지 않았을 리 없어요."

"하긴, 아무리 인적이 드물다고 한들 산책로니까요."

정체를 드러내는 위험을 자초하고 싶지는 않을 터였다.

"그럼 혹시 김정희가 방화범을 목격했을 가능성이 있을까요?"

"글쎄요……. 하지만 목격했다 해도 증언할 수 있을까요?"

"그게 무슨 말씀이십니까?"

"김정희 씨, 아직 깨어나지 못했거든요."

"……!"

충격에 정석화의 몸이 굳었다.

"저, 난 그저……."

"됐어. 내가 충격받을까 봐 차마 말을 못 한 거겠지."

불타지 않은

말을 얼버무리는 김영환에 정석화가 말했다.

한편, 그들의 이상한 분위기를 감지한 송범준 형사가 눈치를 살폈다.

"……기자님이 아직 말씀 안 하셨나 보죠?"

"전 그냥 다쳤다고만 해서, 괜찮은 줄로만 알았습니다."

심란해 하는 정석화를 보며, 송범준 형사는 침음을 삼켰다.

"그분은 얼마나 다친 건가요?"

피해자의 상태를 묻는 정석화의 목소리가 떨렸다.

송범준 형사는 김정희의 상태에 대해 말하는 대신 김영환의 눈치를 봤다. 김영환은 이미 숨기는 것이 늦었다는 것을 깨닫고 고개를 끄덕였다.

"피해자는 전신 2도 화상을 입었습니다. ……운이 나빴죠. 시너가 뿌려진 곳은 산책로뿐이었는데, 발밑에서 화재가 발생하자 당황한 피해자가 넘어진 모양입니다. 그때 의식을 잃어 아직까지 깨어나지 못하고 있는 거죠."

"이런……."

"담당의와 이야기를 나눠봐야겠지만, 상황이 그리 좋지는 않아요. 아직은 2도 화상이라고 하는데, 심재성이라 3도 화상으로 심화될 수도 있다더군요. 깨어나도 고생이 많을 겁니다."

오월동주(吳越同舟)

형사는 어두운 표정으로 자리를 떴다. 김정희가 입원한 병원에 간다고 했다.

무슨 말을 해야 할까. 대체 뭘 할 수 있을까.

이런저런 생각이 정석화의 머릿속을 어지럽혔다. 쓸데없는 죄책감이 정석화를 감쌀 때, 그 상념을 없애준 것은 김영환이었다.

"우선 나가자. 할 것도 많고, 점심도 먹어야지."

"……됐어."

"내가 안 됐거든?"

김영환이 바른 아파트에 온 것은 예정된 것이었고, 정석화에게도 이 사실을 알렸다. 그리고 둘은 점심을 함께할 예정이었다.

"빨리 일어나. 나 배고프니까."

김영환이 정석화의 팔을 잡아끌었다. 둘은 대강당을 나왔다. 그들을 기다리는 이들이 그곳에 있었다. 이전에 함께 식사한 적이 있는 704호 박 씨를 비롯한 이웃사촌들이었다.

　　　　　　불타지 않은

여기에는 이질적인 사람도 한 명 끼어 있었다.

그건 바로 404호 대학생이었다.

"이제 나오는가."

"아따, 빨리 밥 먹으러 가야 한디. 뭔 젊은 사람이 요따구로 느리대?"

"자네 기다렸다가 이 청년은 그냥 가니 마니 할 정도로 기다렸다네."

501호 석 씨의 말에 모두의 시선이 '이 청년'이라는 지칭을 받은 404호 대학생 김지훈에게로 쏠렸다. 시선을 받은 김지훈은 부담스러운 기색이 역력했다.

"아, 이제 됐지? 별다른 일 없으면, 같이 가서 밥 한술 뜨고 가."

김지훈은 현재의 상황이 그리 마음에 들지는 않았지만 모두의 시선에서 자신에 대한 걱정이 느껴졌는지 고개를 끄덕이고는 물었다.

"그런데 옆에 있는 분은 누군가요? 우리 동네 사람은 아닌 것 같은데."

404호 대학생의 질문에 옆에 있던 아저씨 둘도 호기심을 표했다.

"그러고 보니, 아까서부터 와 있던데……. 누구, 아는 사람인가?"

그들의 질문에 정석화는 난처함을 느꼈다. 친구? 아니면 화재 사건을 취재하기 위해 온 기자? 김영환을 어떻게 설명해야 할지 알 수 없었다.

고민 끝에 정석화는 김영환을 자신의 친구로서만 소개하려 했다. 하지만 대충 얼버무리려던 정석화와 달리, 김영환은 이 것을 기회로 받아들였다.

"제가 정석화, 아니 이 친구랑 둘도 없는 절친인데, 기자입니 다. 그냥 기자가 아니라 경찰청 전담이지요."

"그럼 이번에도……."

"네. 이번 수사 관련해서 취재 온 겁니다."

방화 사건 취재를 한다는 김영환에 이웃들의 시선이 경계의 것으로 변했다. 특히 704호 박 씨와 함께 온 40대 남성의 시선 은 대단히 매섭게 변해 있었다. 경계심보다 배척이라는 단어가 어울릴 만큼.

"402호 총각한테는 미안한데, 돌아가 주쇼. 우린 할 말 없으 니까."

"……네?"

김영환은 환영받지 못하는 상황에 얼이 빠졌다.

"내가 말이야, 한 직장에서 20년을 일했어. 그리고 대출 좀 끼고 아등바등해서 집을 샀지. 그게 내가 사는 501호고, 이제 막 대출금을 갚은 참이야."

"음……. 그거 참 축하할 일이군요."

"왜 그런 말을 나한테 하는 겁니까?"

"은행 빚도 다 갚아서 이제야 온전히 내 집이 된 참인데 말이 지. 그런 상황에서 아랫집에 불이 났단 말이야. 그것도 방화로 다가……. 생각해 봐. 생각 좀 해보란 말이야!"

불타지 않은

501호 석 씨의 언성이 높아졌다.

"마침 이 동네에 지하철이 생길 수도 있다길래, 몇 년 있다 집값 좀 오르면 더 큰 집에 대출을 끼고 가야지. 그렇게 생각하고 있었는데 갑자기 이런 일이 벌어진 거지!"

옆에 있던 704호 박 씨가 501호 석 씨를 말렸다.

"진정해, 석 씨."

"아따, 성님. 성님은 화도 안 납니까?"

"……이번 사건으로 화가 나지 않는 사람이 어디에 있겠어."

"그런데 어찌 그리 침착하오?"

"침착은 무슨……. 기자 양반한테 그런 말을 해봐야 소용없으니 가만히 있는 거지. 나라고 왜 화가 나지 않겠어. 하지만 적어도 우리는 가족이 무사하잖아."

704호 박 씨의 말에 모두의 시선이 404호 김지훈에게로 쏠렸다.

404호 김지훈은 자신에게 시선이 모인 줄도 모르고 턱에 힘을 줬다.

마치 울분을 참는 것처럼…….

그 모습을 본 501호 석 씨의 입이 조가비처럼 다물어졌다. 상황이 소강 상태가 되자, 김영환이 재빠르게 나섰다.

"여기 계신 주민분들이 무엇을 걱정하는 줄은 압니다. 하지만 저는 경찰청 출입 기자로서, 위치가 드러날 만한 정보는 기사에 적지 않습니다. 그마저도 경찰의 심의를 준수하지요."

하지만 김영환의 설명에도, 501호 석 씨의 태도는 누그러들지 않았다.

"그걸 어떻게 믿소? 게다가 당신이 쓰지 않으면 뭐해. 알만한 사람은 다 알 텐데."

사건 사고가 발생한 지역을 이니셜로 표시한다 해도, 웬만한 사람들은 어디에서 어떤 일이 발생했는지를 알기 때문이었다.

"하지만 그건 어쩔 수 없습니다."

501호 석 씨는 김영환의 난색에 콧방귀를 꼈다.

"흥. 그럼 그렇지."

결국 취재를 위해 번지르르한 말을 한 것뿐이라 비꼬았다.

김영환과 501호 석 씨의 대치에 정석화는 이러지도 저러지도 못했다. 그때, 김영환을 도와준 이가 있었다. 404호 대학생이었다.

"어차피 사람들이 알게 될 거라면 범인이 잡히는 편이 나아요. 경찰은 언론의 관심이 있어야만 재빠르게 움직이고, 집값은 방화범이 잡혀야 원상복구 될 테니까요."

"······뭐?!"

"그게 당신이 원하는 거 아닙니까?"

의중을 들킨 501호 석 씨의 얼굴이 붉어졌다. 동시에 404호 대학생 김지훈을 매서운 눈으로 째려봤다.

분위기는 일촉즉발이었다.

폭력 사태가 벌어지지 않은 것은 전적으로 704호 박 씨 덕이었다.

"어허. 자네 왜 이러나?"

불타지 않은

"하지만 나이도 어린놈이!"

"나이도 많으면서 화재로 가족을 잃은 사람 앞에서 집값을 운운하는 것보다는 어린놈이 더 낫지요."

"뭐? ……이……!"

"자네가 참게. 참아."

704호 박 씨는 501호 석 씨를 잡아끌었다. 404호 대학생 김지훈에게 눈치를 주는 것도 잊지 않았다. 하지만 김지훈은 눈치를 보지 않았다.

"하. ……나이 많은 게 자랑인가 보네. 아주 대단한 벼슬 나리 납셨네. 납셨어."

404호 대학생이 바닥에 침을 뱉고는 말했다.

"……뭐? 야! 너 이리 안 와?"

501호 석 씨는 404호 대학생 김지훈의 도발에 분개했다. 더 커진 분노만큼 버둥거림이 심해지자, 정석화 역시 가세해 말렸다.

"어허. 학생! 그냥 좀……!"

"예에! 예에!"

버둥거리는 501호 석 씨를 뒤로하고, 404호 대학생은 자리를 떴다. 이에 따라 한동안 분노를 터트리던 501호 석 씨의 버둥거림도 가라앉았다.

"에이 씨!"

"가세, 가. 저번에 갔던 데 가서 술이나 한잔 하자고. 자네들도 가세."

704호 박 씨가 모두를 끌고 식당으로 향했다.

물론 식당으로 향했다 해도, 갑자기 분위기가 부드러워진 것은 아니었다.

다만, 501호 남자 석 씨는 눈치가 빠른 자였다.

본인 때문에 분위기가 좋지 않다고 느껴서인지 석 씨는 스스로의 행동에 대해 입을 열었다.

"……물론, 저도 잘한 게 없다는 건 알아요. 사고로 부모 죽은 놈 앞에서, 그 사고 때문에 집값 떨어진다고 했으니. 그놈 입장에서는 내가 얼마나 밉게 보였겠어요."

풀죽은 501호 석 씨의 말을 들은 704호 박 씨가 그를 위로했다.

"석 씨가 이해해. 하루아침에 부모 잃은 그 학생 마음은 또 오죽하겠어."

704호 박 씨의 말에 501호 석 씨가 머쓱해서 말했다.

"저도 알죠. 죽은 사람도 있는데 그 학생 앞에서 집값 운운하는 거, 그게 그리 잘하는 게 아니라는 건 유치원생도 알 테지요. ……압니다. 하지만, 제가 오죽하면 그랬겠습니까? 오죽하면."

"그럼. 알다마다. 자네도 속상해서 그랬겠지."

501호 석 씨의 목소리에는 힘이 없었다.

그 모습이 안타까웠는지 704호 박 씨가 그의 빈 술잔을 채웠다.

"당연하지요. 제가요. 그렇게 피도 눈물도 없는 사람은 아닙니다. 박 형도 아시죠?"

"아. 그럼."

불타지 않은

501호 석 씨는 연신 소주를 들이켰고, 704호 박 씨는 연신 고개를 흔들며 동의했다.

한편, 정석화와 김영환은 어색한 표정으로 고개만 끄덕였다.

"아니. 아무리 그래도 그렇지 젊은 놈이 말이야. 그럴 수 있는 겁니까?"

석 씨는 자신이 결혼만 일찍 했으면 그만한 아들이 있다며, 연거푸 소주를 들이켰다.

"아무리 내가 집값을 운운했다고 젊은 노무새끼가 말이야……."

젊은 놈을 운운하는 모습에, 정석화의 입가가 부자연스러워졌다.

사람이 죽은 마당에 죽은 이의 가족 앞에서 집값을 운운했다면 부끄러운 줄 알아야지. 이 와중에 젊은 놈 운운한다는 것 자체가 인간이 덜됐다는 방증이라 게 정석화의 생각이다.

한편, 정석화의 표정이 썩어가는 것을 본 김영환이 정석화의 옆구리를 찔러 눈치를 줬다. 그때, 하소연하던 석 씨의 시선이 김영환과 정석화가 있는 쪽으로 향했다.

"안 그래? 기자 양반?"

그러자 지목당한 김영환이 간이고 쓸개고 내줄 듯한 태도를 보였다.

"아……. 네. 당연하지요. 자고로 어른 말 잘 들으면 자다가도 떡이 나온다고 했는데요."

"우리 기자 양반이 뭘 좀 아네, 그려. 안 그럽니까, 성님?"

"그렇구면."

자리에 있는 모두가 자신의 편을 들어서인지, 석 씨의 표정이 밝았다.

"그런데 기자 양빈."

"김영환입니다."

501호 석 씨는 김영환의 명함을 건네받으며 말했다.

"어쨌든, 아까는 내가 우리 기자 양반 말을 다 들어보지도 않고 거절해서 미안해. 아, 내가 그때는 우리 기자 양반이 이렇게 괜찮은 사람인지를 몰랐지 뭐여."

제법 소탈해 보이는 모습이, 집값 운운하는 태도를 보지 못했다면 참 좋은 사람이라는 평가를 들을 법도 했다. 아니, 단순하다고 해야 하나. 정석화는 그 모습이 꽤나 어린애 같다고 생각했다.

눈앞에 있는 501호 남자, 석 씨는 분명 자신의 행동이 잘못임을 알고 있었다. 그런데도 그리 분개했고, 자신의 편을 들어주자 금방 기분이 좋아진 거였다.

501호 남자의 단순한 모습에 정석화가 혀를 쯧쯧댔다.

하지만 횡재한 듯한 기분을 느끼는 이도 있었다. 김영환이었다.

"형님. 목구멍이 포도청이라 기자 생활을 지속하고 있지만, 제가 그리 신의 없는 사람은 아닙니다. 되바라진 놈은 더더욱 아니고요."

"아, 그래. 그래 보이는구면."

불타지 않은

모르는 이가 보면 정석화와 친구가 아니라 501호 석 씨와 친구라 해도 믿을 정도였다.

"그리고 사실 형님이 하신 말씀도 이해는 갑니다. 저도 기자지만 사실 기자들 중에는 피해자들 생각도 안 하고 무분별하게 기사를 내는 놈들도 많아요. 아. 물론 저는 아니지만요."

"물론 김영환 씨는 그런 기자가 아니겠지."

"형님, 제가 한참은 어려 보이는데 말씀 편하게 하세요."

"그럼 그럴까?"

"그럼요."

정석화는 바퀴벌레도 친구로 만들 친화력을 가진 김영환을 보며 감탄이 나왔다. 그런 생각을 한 것이 그뿐만은 아니었다.

"친구가 참 사교성이 좋구만."

"그……. 네."

704호 박 씨의 말에 정석화가 어색하게 웃었다.

그 사이, 김영환은 옆에서 자신의 상황을 설명했다.

"세상에. 제가 얼마나 놀랐는지. ……이 형사 놈이, 글쎄. 제 친구가 바른말 좀 했다고 공무집행방해로 체포하려 해서 제가 딱! 하고 막아주러 갔습죠."

"거, 참. 세상 더럽게 사네. 이래서 짭새들은 안된다니까."

"제가 얼마나 놀랐겠습니까. 게다가 제가 경찰청 출입기자로 생활해서 아는데, 그게 다 범인 검거 루트라니까요. 이 친구는 글만 써서 그런 쪽은 참 무딘데, 저 아니었으면 큰일 날 뻔했죠."

어찌나 장황하던지, 501호 석 씨가 그를 위로하는 데도 잠시

동안은 대꾸하지 못할 정도였다.

"아이고. 집도 잃을 뻔했는데 얼매나 놀랬어, 그래. ……근데 글만 쓰다니……. 자네 혹시 소설가야?"

"그……, 그렇습니다."

공개 석상에서도 한 번 언급한 적이 있었는데, 자리에 있는 모두가 처음 듣는다는 듯한 태도다.

"아이고. 대단하구만. 난 책 몇 페이지만 봐도 금세 잠이 드는데."

정석화는 갑작스레 몰린 501호 석 씨의 관심이 부담스러웠다. 하지만 그렇다 해서 아무런 대꾸도 하지 않을 수는 없었다. 대답을 고민하던 정석화는 '대단치 않다'는 의례적인 표현을 사용했다.

돌아오는 말 역시 '그래도 대단하다'는 의례적인 것이었다. 501호 남자 석 씨의 관심은 금세 식었다.

굳이 정석화와의 응대가 필요하지 않았다. 자신에게 장단을 맞춰주는 김영환도 있으니까.

"그런데 경찰청 출입기자라면, 사건 사고와 관련된 이야기만 적는 건가?"

"보통은 그렇지요. 하지만 그렇지 않은 경우도 있어요. 사람 사는 데는 다 똑같아서, 경찰청에서 꼭 사건 사고만 일어나는 건 아니거든요."

"그래? 그럼 저주라던가, 미스터리……, 뭐 이런 것도 취급하나?"

불타지 않은

"그런 건 좀……, 저는 신문기자라서요."

저주나 미스터리같이 비현실적인 이야기는 잡지책에서나 취급하는 거였다. 신문기자, 특히 경찰청에 드나드는 사회부 기자들의 대부분은 자신의 직업에 자부심을 가지고 있었다. 이는 직장동료였던 정석화도 마찬가지였다.

정석화가 한마디를 보탠 것은 그 때문이었다.

"믿는 사람이 없다 보니, 쓸 일이 없지요. 사실 요즘 누가 그런 걸 믿습니까."

"의외로구먼. 소설가면 그런 것도 막 믿고, 적고 해야 하는 거 아닌가?"

'대체 소설가를 뭐라고 생각하는 거야.'

501호 석 씨의 말에 정석화가 속으로 투덜거렸다. 그 사이에 김영환이 융통성 있게 대응했다.

"이 녀석이 글을 쓰긴 해도 귀신 나오는 걸 쓰지는 않으니까요."

기분이 나쁘지 않아서는 아니었다. 김영환은 스스로의 직업에 자부심을 가지고 있었고, 석 씨라 불리는 501호 남자의 태도에 불쾌했다. 다행인지 불행인지 501호 석 씨는 김영환의 답변에 수긍했다.

"그래? 그거 참 아깝네."

"하지만 취급하는 사람들도 있겠지요. 근데, 뭔데 그러세요?"

"이건 그냥 우스갯소리로 하는 말인데 말이야. 이전에 한동안은 4층이 저주를 받은 게 틀림없다고 말이 많았어.”

석 씨의 말에 반응한 것은 대화를 나누던 김영환이 아니라 정석화였다.

“……네?!”

현재 유일하게 4층에 거주 중인 정석화로서는 도저히 흘려들을 수 없는 이야기다.

한편, 501호 남자, 석 씨의 말에, 704호 박 씨가 그를 만류했다.

“이봐, 자네!”

“거 참. 뭐 어때요, 박 형. 어차피 기사로 써먹지도 못한다는데.”

“아니. 그래도 그렇지, 멀쩡히 거주하고 있는 사람이 옆에 있는데…….”

“아, 이미 다 지나간 일이고, 안 믿는다는데 뭐 어때요.”

“아무리 그래도 그렇지.”

704호 박 씨의 비난에, 501호 석 씨가 정석화의 눈치를 봤다. 그 모습에 김영환의 눈빛이 반짝거렸다.

“아, 형님. 궁금하게 만들어 놓고 갑자기 말씀을 안 하시면 어떻게 합니까?”

그럼에도 501호 석 씨는 입을 다물었다. 이는 눈치 없고 제멋대로 행동하던 모습과는 괴리된 것이었다.

한편, 정석화의 눈이 파르르 떨렸다. 처음으로 자가 소유한 집이 ‘저주’라는 단어와 얽히다니. 마음이 상할 수밖에 없었지

불타지 않은

만 사과를 하는 면전에 대고 화를 낼 수는 없다. 하지만 속마음이 드러나듯, 정석화의 입매가 딱딱했다.

자리의 분위기가 서늘해졌다. 갑작스럽게 냉각된 분위기에 501호 석 씨가 사과를 입에 담았다.

"거 참……. 미안허이."

그의 사과에, 상황을 주시하던 김영환이 약삭빠르게 중재했다.

"걱정 마십쇼. 정석화 이 녀석이 글만 쓰는 샌님이기는 해도, 저주니 뭐니 하는 오컬트적인 요소를 믿는 녀석은 아닙니다. 그저 해프닝이다, 하고 말 녀석이죠. 안 그래?"

김영환의 눈치와 이웃들의 시선에 정석화는 마지못해 동의했다. 그러자 정석화의 태도에 용기를 얻은 501호 석 씨가 입을 열었다.

"음. 최근 몇 년간 있었던 일은 아닌 데다가, 화재도 피해간 소설가 양반한테는 해당되지 않는 말이겠지만 말이야. 몇 년 전까지만 해도 4층 사람들이 모두 불행한 일에 얽혔다오."

"……불행한 일이요?"

"응. 생각만 해도 밥맛이 없고만."

501호 석 씨가 수저를 내려놓았다. 그 모습에 김영환이 그를 재촉했다.

"대체 뭔데 그럽니까? 4층에 귀신이라도 나옵니까?"

"……귀신은 아니야."

501호 석 씨의 말이 묵직하게 울렸다. 그리고 그 말에 704호 박 씨가 고개를 끄덕이며 말했다.

"사신(邪神)이지."

704호 박 씨의 말이 식당을 울렸다.

묘하게 음침해진 분위기에 김영환이 침을 삼켰다.

"하긴. 몇 년 전에 생각하면 사신이라는 단어가 어울리긴 하지. 무슨 역병 같았으니까."

501호 석 씨와 704호 박 씨의 수박 겉핥기식 대화에 정석화는 불안과 동시에 지독한 호기심을 느꼈다.

"역병이라니. ……그 정도인가요? 대체 몇 년 전에 무슨 일이 있었길래."

"이제 한 3년 되었을 거야. 지금 401호 사는 그 의사 말이야. 그 당시에는 404호에서 살았어. 부인이 바람나서 집을 나갔다는 거 같은데, 갈라서기 전까지 아주 동네가 떠나가라 싸웠다니까. 뭐. 집 나간 애기 엄마 마음도 이해는 가지만서도."

사오십 대의 보수성을 겪은 정석화는 501호 석 씨의 말이 의아했기에 되물을 수밖에 없었다.

"이해가 가다니요?"

"이번에 죽은 노인네, 그러니까 401호 살던 그 여편네 말이여. 그 여자가 좀 기승스러워야지. 자기 아들 의사라고 며느리를 얼마나 쥐 잡듯이 잡던지, 원. 누가 보든지 말든지 며느리한테 이년, 저년 하는데 우리 딸 결혼해서 그런 시어머니 만날까 봐 겁나더라니까."

요즘에도 그런 시부모가 있다니. 그저 놀라울 따름이다. 하지만 겨우 그 정도로 4층을 거의 저주받은 층수 취급을 하는 건 좀 의외였다. 오래된 아파트이기 때문인 건가. 정석화가 4층에 대한 소문에 의문을 가지는데, 501호 석 씨가 갑작스레 누군가를 언급했다.

이는 401호 이혁재 아버지의 죽음에 대한 것이었다.

"그러니 남편이 갑자기 횡사를 했지. 며느리가 집을 나가자마자 바로 상을 치렀다는구먼."

"내가 상갓집에 다녀왔었는데, 난리도 아니었어."

"7층 성님은 거기까지 갔다 왔소?"

"근데, 괜히 갔지. 여자 잘못 들여서 애비 잡아먹었다고 패악질을 해대는데 어찌나 어이가 없던지."

둘의 대화를 듣던 김영환이 몇 년 전, 401호와 404호가 얽힌 일을 정리했다.

"그럼 3년 전, 401호에서 아들의 이혼과 아버지의 죽음이 같이 있었네요."

"그렇지. 글쎄 일주일 사이에 그런 일들이 연달아 터졌다니까."

겨우 그거? 정석화와 김영환의 얼굴에 허무함이 드러났다.

둘의 표정을 눈치챈 704호 박 씨가 입을 뗐다.

"별거 아닌 일이라고 생각하는 모양인데, 더 들어 보게."

그의 말을 보충하듯, 501호 석 씨의 말이 이어졌다.

"의사라는 401호 남자가 이혼을 하니 마니 할 때 말이야. 그 비슷한 시기에 403호에서 살던 여자가 죽었어. 그리고 한 달 있다가 402호에 살던 아가씨가 집을 뺐지. 소설가 양반, 자네

전에 살던 사람이 바로 그 아가씬데, 갑자기 나갔어. 아마 갑자기 집 찾느라 애 좀 먹었을 거야."

"……괜히 찜찜하네요."

"아, 찜찜하신 무얼. 자네한테 집 판 놈이 문제지."

정석화는 집을 계약하기 위해 만났던 전 주인을 떠올렸다. 욕심이 그득해 보이는 사람이기는 했다.

"아. 뭐, 사기라든가 하는 거에 연관된 건 아니야. 그저 집주인이 파산한 것뿐이니까."

"……파산이요?!"

대체 무엇을 했기에. 정석화의 눈이 의문으로 가득 찼다.

"이런 거 확인해서 좀 그렇기는 한데. 402호 양반, 집 사서 들어온 거지?"

고개를 끄덕이자, 704호 박 씨가 말을 이어 나갔다.

"그럼 이전 주인 본 적 있겠고만. 그 왜, 눈 쫙 찢어지고, 곰보 심한 피부 있잖아."

"……전 주인을 아십니까?"

"그럼. 알다마다. 예전에는 이 주변이 다 그 양반 꺼였는데."

"그랬는데, 왜……."

"아, 왜긴. 바코드인가, 뭐시깽인가에 돈 넣었다가 여섯 토막이 나서지."

"비트코인이요?"

"아! 맞아. 그거."

704호 박 씨의 말에, 정석화는 비트코인에 대한 정부의 규제

불타지 않은

로 논란이 많다는 것을 떠올렸다.

"대출까지 껴서 임대사업 하던 인간이 돈을 그리도 날렸으니 어쩌겠어. 정리하는 수밖에."

"그래도 이전에 402호 살던 여자 나간 건 잘 되었지, 뭐."

"하긴. 허구한 날 남자나 데려오고 말이야. 맨날 같은 놈이면 또 몰라."

"하여튼. 요즘 젊은 것들은 말이지······."

정석화는 704호 박 씨와 501호 석 씨의 대화를 들으며, 4층에서 발생한 일들을 정리했다.

1. 401호에 사는 의사는 404호에서 결혼생활을 했는데, 노
   모와 부인의 고부갈등이 심했고, 결국 이혼했다.
2. 비슷한 시기, 403호 여자가 숨졌다.
3. 402호에 살던 거주자가 집주인의 파산으로 거주지를 옮
   겼다.

확실히 3년 전, 안 좋은 일들이 한꺼번에 다가온 것은 우연이라 하기에는 좀 가혹하다. 게다가 겨우 일주일 사이에 벌어진 일이다.

정석화는 찜찜한 기분을 누르고 이웃들의 대화에 귀를 기울였다.

한편, 김영환은 정석화보다 더욱더 이웃사촌 같은 모습으로 그들의 대화에 꼈다.

"확실히 4층에 좋지 않은 일들이 많이 발생하기는 하네요. 죽고, 타고."

"그런 의미에서 자네 친구는 운이 좋아. 아무리 아파트 내에서 보수를 하니, 이쩌니 해도 사사로운 물건들까지는 보상하시 않을 텐데. 용케 그걸 비껴갔구먼."

"원래 이 녀석이 운이 좀 좋은 편이기는 하죠."

김영환의 너스레에 분위기는 다시 부드러워졌다.

정석화가 눈치를 살폈다. 음침했던 화두는 금세 옆 동네에 생긴 맛집으로 옮겨 갔고, 김영환 역시 이상한 낌새를 느끼지는 못한 듯했다.

내가 너무 예민한 건가? 그게 아니면……. 정석화가 눈동자를 굴렸다. 그 모습에 김영환이 눈치를 줬다. 덩달아 이웃들의 시선도 그에게 몰렸다.

갑작스러운 주목에 정석화 역시 눈치껏 행동했다. 술잔을 들었다.

"이런 게 바로 전화위복인가 봅니다. 그런 의미에서 낮술 어떠십니까?"

그 말에, 단순한 모습을 보이던 501호 석 씨가 호탕하게 웃었다.

"아, 그래야지!"

정석화가 금세 주변 분위기에 물들었다.

그날, 정석화는 김영환을 보낸 뒤 형사에게 전화를 걸었다. 피해자들에 대한 조사 결과가 궁금해서였는데, 10일 뒤 그는

불타지 않은

자신이 원했던 내용을 들을 수 있었다.

**

　정석화가 향한 다주지방경찰청에 함께한 이는 김영환이었다.
　"니가 웬일로 이렇게 적극적이야? 너 원래 남 일에 참견하는
거 싫어하는 거 아니었어?"
　"뭐……, 그랬지."
　"번거롭게 올 필요 없이 내가 듣고 알려줘도 되는데. 별일이
야 있겠냐. 그저 우연의 일치겠지."
　"과연 그럴까?"
　정석화는 10일 전, 이웃들과의 식사를 떠올렸다.
　같은 날 사라진 두 사람. 한 사람은 이혼을 위해 집을 나갔
고, 다른 한 사람은 심장마비라지만 너무 시기적절하지 않나.
집에 돌아가서도 그 생각은 지울 수 없었고, 정석화는 송범준
형사에게 받은 연락처로 제보를 했다.
　그리고 오늘은 송범준 형사로부터 조사 결과를 듣는 날이었
다. 그동안 정석화는 제대로 잠을 이루지 못했다.
　"부부싸움이 얼마나 격해서 엿듣던 사람이 심장마비로 죽었
는지는 몰라도, 이번 사건과 연관 짓는 건 너무 간 거 아니냐?
예민해도 너무 예민해, 너."
　"나도 알아."
　정석화 역시 이것이 이상하다는 것을 알았다. 하지만 도저히

제보하지 않을 수 없었다.

401호에 살던 노인네가 아이를 대하는 모습을 본 까닭이다.

"하지만 이상해."

"뭐가."

"……뭐냐고 말하면 딱히 확신할 만한 건 없지만……."

정석화가 말끝을 흐렸다. 그러자 김영환이 이죽거렸다.

"남들 앞에서는 세상에 다시없을 쿨가이더니. 저주다 뭐다 하는 말에 신경 쓰였냐?"

"그런 게 아니라……, 됐다."

입을 다무는 정석화의 모습에, 김영환이 낄낄거렸다. 그 사이, 그들은 송범준 형사가 근무하는 형사1과에 다다랐다.

송범준 형사는 미리 연락을 받아서 형사1과 앞 복도에서 기다리고 있었다.

"오셨습니까."

"네."

"번거롭게 오실 필요 없이, 제가 다음에 가면 되었을 텐데……."

송범준 형사의 의례적인 말에, 김영환이 대신 대꾸했다.

"요즘 이 친구가 휴가 중이거든요. 그래서 해도 볼 겸 나온 거죠."

이 역시도 의례적인 말이었다.

그들의 인사치레가 오기는 동안 정석화는 괜히 조바심이 났다. 송범준 형사에게 답을 강요한 것은 그래서였다.

불타지 않은

"조사가 얼추 끝났다고요."

"……네."

송범준 형사는 금세 본론으로 들어갔다.

"좋은 소식과 나쁜 소식이 있습니다. 어떤 것부터 들으시겠습니까?"

"나쁜 것부터 듣죠."

"수사가 어느 정도 끝났습니다. 문제는 바른 아파트에서 발생한 화재와 산책로의 방화 사이의 연결점을 찾지 못했다는 겁니다."

"그럼 산책로에서 발생한 방화 사건이 동네 주민을 노린 범죄인지, 아니면 김정희 씨를 노린 범죄인지, 동일범의 소행인지조차 확실하지 않다는 말입니까?"

"네."

결국 밝혀낸 것이 없다는 소리였다.

"그럼 좋은 소식은요?"

"새로운 용의자가 가까이에 있다는 겁니다. 어쩌면 정석화 씨 주변에 있을 수도……."

"제 주변이라면……! 아파트 거주자?"

정석화의 침 삼키는 소리가 복도를 울릴 만큼 컸다. 긴장한 정석화의 모습에, 송범준 형사가 캔커피를 건넸다.

"네. 404호에 사는 소방관, 김지영 씨입니다."

"……그 여자가요?"

송범준 형사가 고개를 끄덕였다.

"무언가 잘못된 거 아닙니까? 그녀는 가족도 잃고, 재산도 잃었잖아요."

방화를 저지르기엔, 김지영이 잃은 것이 너무나 많다. 정석화는 그녀가 가장 수상하다는 말이 믿기지 않았다.

"이유가 있나요?"

"네. 우선은 증언입니다. 증언들을 취합하니 404호 가족들 간에 사이가 그리 좋지 않더군요."

가족관계가 그리 좋지 않다고? 정석화는 뭐라도 하나 먹이려 하던 404호의 모친을 떠올렸다. 그리고 곧 고개를 저었다.

"그럴 리 없어요. 아무런 소리가 나지 않은 건 아니지만, 다 큰 자식과 부모가 살다 보면 원래 그런 법이잖아요."

다툼이 없다고는 할 수 없다. 하지만 그것은 다른 집도 마찬가지인 일이다.

겨우 그런 것들로 김지영을 제1순위 용의자로 지목하다니. 가족을 잃은 김지영에게 너무 가혹하지 않나.

"그들의 다툼은 그저 부모와 자식들이 의례 겪는 일이었어요. 부모님의 잔소리가 너무 심하다던가, 하는 것들이요."

정석화는 자신이 의심받는 일이 아님에도 흥분했다. 유가족이 존속살인 용의자로 지목되었다는 생각에 마음이 좋지 않기 때문이다. 흥분한 정석화의 태도에, 가만히 있던 김영환이 끼어들었다.

"왜죠? 김지영은 화재 당시 근무지인 남부소방서에 있지 않았습니까?"

불타지 않은

알리바이가 있는 이를 의심하지 않는 것은 수사에 문외한인 사람들도 하지 않는 일이다. 김영환은 송범준 형사에게 의심의 근거를 물었다.

"우선 제가 김지영 씨를 가장 의심스럽게 바라보는 이유는 두 방화 사건에서 쓰인 ○○페인트 회사의 시너 때문입니다."

"혹시 그녀가 그 시너를 구입했나요?"

만일 그렇다면 의심의 여지는 있지. 김영환이 기사 쓸 생각에 눈을 빛냈다. 하지만 애석하게도, 송범준 형사는 고개를 저었다.

"아니요. 하지만 그녀는 그 회사의 시너를 얼마든지 구할 수 있는 위치에 있었어요."

김지영이 근무하는 소방관에서는 안전 체험의 일환으로 소방 교육을 하는 경우가 많았다. 그때 불이 난 상황을 연출할 때 쓰이는 것이 시너였다. 그리고 그것이 ○○페인트 회사의 시너였던 거다.

송범준 형사의 설명을 듣던 김영환은 김이 샜다는 표정이 됐다.

"그건 그냥 김지영 씨가 소방관이고 직장에서 필요하기 때문이잖아요."

"그걸로는 근거가 부족하다고요?"

"네."

"제가 의심하는 이유는 김지영 씨의 직업이 소방관이기 때문만은 아닙니다."

"그럼 뭐죠?"

"김지영 씨가 근무하는 남부소방서에서 여름소방학교 사업을 위해서 시너를 100리터나 주문했어요. 여름소방학교가 겨우 3일 동안의 일정이고, 사용되는 시너는 30~40리터 남짓일 텐데……, 남은 것은 겨우 30리터 남짓이에요. 시너의 일부가 사라졌다는 거죠. 이게 과연 우연이라고 할 수 있을까요?"

시너의 일부가 사라졌다는 말에 자리에 있던 이들이 숨을 들이켰다. 정석화의 입이 다물어졌다.

"의심이 가는 이유입니다. 뭐, 수상한 사람이 그 여자뿐만은 아니지만."

송범준 형사의 중얼거림에, 정석화는 방금 전 그가 김지영을 '가장 수상한 사람'이라 칭한 것이 떠올랐다.

"그 여자 말고 수상한 사람은 또 누굽니까?"

"솔직히 말하자면, 4층의 주민들 전부가 수상합니다."

송범준 형사는 이전에 있었던 정석화의 대응을 떠올린 듯, 뒷말을 덧붙였다.

"아. 물론 꼬마 아이랑 정석화 씨는 빼고요. 이건 정말입니다. 솔직히 4층 인물들이 수상하다고 생각하기 전에는 했지만."

"압니다. 그러니 나에게 협조를 요청하고, 수사 내용을 말해 주는 거겠죠."

만일 정석화가 의심할 만한 인물이었다면, 송범준 형사는 정석화에게 수사에 대한 이야기를 하지 않았을 터다.

정석화는 이제 자신에 대한 의심 여부에 대해서는 묻지 않았

불타지 않은

다. 하지만 대신 다른 것은 묻지 않을 수 없었다.

"그런데 왜 4층 주민들 전부에 대한 의심은 거두지 않는 겁니까? 김지영 씨처럼 시너를 구입한 기록이 있거나, 나처럼 집이 멀쩡한 것도 아니잖아요."

뒤끝 있는 물음이었다.

하지만 송범준 형사는 그의 태도를 비난하지 않았다. 대신 자신의 수사 내용을 오목조목 나열하기 시작했다.

"우선 김지영의 동생인 대학생 김지훈에게 빚이 있더군요. 캐피탈에서 2천. 청년창업 대출 명목으로 2천."

"허. 대학생에게 벌써부터 빚이 4천이라니. 학자금 2천은 그렇다 쳐도, 청년창업 대출 명목으로 2천이면 알만하군요."

의외의 사실에 정석화는 놀랐다.

지나가며 마주한 그는 명문대를 다니는 착실한 학생인 줄만 알았는데, 알고 보니 겉멋만 든 통명청이였던 모양이다.

뭣 모르고 한 사업으로 빚만 얻은 그를 생각하니 절로 인상이 찡그려졌다.

"형사님이 무슨 말을 할지 알 것 같습니다. 김지훈의 범행 동기도 뻔하고요. 뭐, 그놈이 죽은 아버지 김석호의 이름으로 거액의 생명보험금이라도 들었나 보죠?"

"김지훈이 아니라 김지영입니다."

송범준 형사의 말에 따르면 사망보험금은 죽은 남자의 딸인 김지영이 수탁자로 된 것이라 했다.

"내가 아무리 사회부에 있어도, 이런 사건은 적응이 잘 안 된다니까. 이게 무슨 막장드라마람."

김영환은 말끝에 혀를 찼다. 정석화 역시 무언의 동의를 할 때였다. 송범준 형사가 정석화와 김영환의 말을 일부 부정했다.

"물론 제가 김지훈이나 김지영을 의심하고 있는 건 맞습니다. 하지만 그게 돈을 노린 방화는 아닙니다."

김영환은 돈을 노린 방화가 아니라는 말에 동의했다.

"뭐. 좀 이상하긴 하네요. S기업에서 후원하는 S대에 다니는 재원이면 자신이 의심받지 않으면서도 사고로 위장할 방법은 얼마든지 생각해냈을 텐데."

정석화는 그들의 대화가 좀 너무하다는 생각을 했다. 그러거나 말거나 그들의 대화가 계속 이어졌다. 정석화가 대화에 다시 끼어든 것은 원한이라는 단어를 들어서였다.

방음벽이 얇아 가끔 말소리가 흘러나오기는 했지만, 내용은 대부분 일상적이었다. 병원에서 시한부 선고를 받은 가족과 함께하고 있다는 사실을 눈치채지 못할 정도로 말이다.

김지훈에 대한 의심에는 이유가 있을 테지만 정석화는 궁금했다.

"원한이라니. 404호에서 김지훈의 언성이 높아진 적은 한 번도 없었는데요."

하지만 그 궁금증을 해결해 준 것은 송범준 형사가 아니라 김영환이었다.

"그건 내가 설명해주지. 김지훈 군에 대해서는 내가 좀 아는 게 있으니까."

불타지 않은

"뭐? 니가 아는 사람이야?"

"개인적으로 아는 사이가 아니고, 너도 알 거야. 우리 처음에 인턴기자 생활했을 때, 취재했던 국제 올림피아드 수상자니까."

정석화는 기억의 한구석을 뒤졌다. 그리고 한국 수학 올림피아드에서 1위를 기록하고 국제 수학 올림피아드에서 2위를 차지한 멘사 회원을 떠올렸다.

정석화와 김영환이 조를 이루어 취재한 첫 기사였다.

"그럼 김지훈이 그 기사의 주인공이었단 말이야?"

"뭐……, 그렇지."

"세상 참 좁다. 그런데 그걸 내가 왜 몰랐지?"

"그때 갑작스럽게 특종 터져서, 너는 사진만 찍고 나서 선배들 조수로 나가고, 인터뷰는 나만 했잖아."

"아……, 그랬지?"

정석화는 과거의 기억을 떠올리다가 무언가를 생각해냈다.

"……어? 그런데 그 학생. 홀어머니 밑에서 자란 거 아니었어?"

애초에 수학 올림피아드 수상자 중 한 명인 김지훈을 인터뷰하게 된 이유가 그것이었다.

"이상하네. 내 기억이 잘못되었을 리 없는데. 내가 아무리 기자 생활을 접었다지만 어떻게 잊겠어. 내 첫 취재였는데."

"맞아. 편모 가정에서 자라 열심히 노력해 국제대회까지 참석하고, 그 와중에 수능까지 만점 받은 될성부른 나무."

긍정하는 김영환의 표정이 썼다. 하지만 추억의 상념에 젖어 있던 정석화는 이를 눈치채지 못했다.

"응? 하지만……. 아! 재혼하셨구나?"

김시훈의 어머니가 인터뷰 이후 재혼을 했을 수도 있다고, 정석화가 생각할 때였다. 김영환이 조그만 소리로 부정했다.

"……응?"

의문이 담긴 정석화의 시선이 김영환을 향했다. 그러자 김영환은 망설인 끝에 정석화의 말을 다시금 부정했다.

"그치……, 김지훈이 친부 맞아. 뭐, 그런 새끼도 친부는 친부지."

김영환의 말투에는 명백히 빈정거림이 담겨 있었다.

그제야 이상함을 느낀 정석화가 물었다.

"너, 무언가를 알아?"

김영환이 입술을 깨물었다 얼굴을 붉히기를 반복했다. 그리고 곧 입을 열었다.

"니가 예비군 훈련 갔을 때, 김지훈 아버지가 우리 회사에 왔어. 술에 잔뜩 취해서."

"……뭐?!"

처음 안 사실에 정석화의 눈이 커졌다.

송범준 형사 역시 과거의 일이 궁금한 듯, 조용히 뒷이야기를 재촉했다.

"기사를 보고, 그 연놈들 어디에 있냐고. 어찌나 행패를 부리던지……. 알고 보니, 김지훈의 아버지가 도박이랑 술을 좋아

불타지 않은

하는 인간이라 아이들을 데리고 도피 중이었는데, 기사를 보고 찾아온 거지."

"그걸 알려줬다고?!"

"알려줬다기보다는……, 아오!"

과거의 기억을 떠올린 김영환이 머리카락을 움켜쥐었다.

"나라고 알려주고 싶었겠냐. 회사에서 하도 난리를 친 데다, 이미 기사에 학교 사진까지 나와 있는데 나인들 어떻게 했겠어. 집 주소는 모르고, 기사에 학교 이름 나와 있으니까 알아서 하시라고 말하고는 말았지."

"……."

처음 쓴 기사라 좋아했던 김지훈의 취재가 그에게는 불행이 되었으리라. 송범준 형사가 동정심을 드러냈다.

"하아. 안 됐네요. 이전에도, 지금도……. 김지훈의 아버지란 사람은 참……."

정석화는 묻지 않을 수 없었다.

"지금도, 라니요?"

"제가 김지훈에게 방화를 저지를 만한 원한이 있다고 했었죠. 그중 하나가 바로 대출 때문이에요."

"그게 무슨 말씀입니까?"

"아……, 그게. 빌린 건 김지훈이지만 실제로 대출자금을 사용한 건 아버지 김석훈이거든요."

그 말에, 정석화는 되물을 수밖에 없었다.

"설마, 자식 이름으로 대출을 받았단 말이에요?"

"네. 시간이 좀 지났기는 했는데, 당시 김지훈의 대출을 담당했던 사람이 전산시스템 비고란에 기록을 남겼더라고요, 아버지와 동업을 한다는 걸요."

기록을 살펴보니 김지훈의 아버지 김석호가 이전에 같은 업종으로 사업자등록증을 낸 기록이 있었다고 했다.

자리에 있던 사람들은 어이가 없었다.

"뭐, 어쩔 수 없었을 거예요. 그의 아버지가 가진 이력으로는 대출을 받기가 불가능했을 테니까요."

"아니, 아무리 그래도 그렇지."

정석화는 안타까운 마음에 말을 잇지 못했다.

한편, 송범준 형사는 부서 사무실, 자신의 자리에서 몇 장의 서류를 가지고 왔다.

"이게 뭡니까?"

"404호 가족들의 등기부입니다."

"이걸 왜?"

"김지훈이 빌린 돈을 아버지가 사용했다는 증거가 거기에 나왔거든요. 궁금하실 것 같아서요."

정석화는 등기부 서류를 뒤적거렸다. 그러다 김석훈의 파산 신청 기록을 발견했다.

"이번 사건으로 피해자들에 대한 기반을 조사하면서 알게 된 건데요. 김지훈의 아버지, 김석훈은 한차례의 파산 신청 때문에 무언가를 할 만한 상황이 아니었습니다. 하지만 김석훈의 파산 얼마 후, 부인이 자동차 서비스 관련 사업자등록을 했죠.

불타지 않은

그리고 이후에는 아들 명의로 했고요."

송범준 형사는 통장 내역도 함께 보여주며 대조해 주었다.

"김지훈이 아버지를 위해 자기의 명의를 빌려주고, 대출을 받아준 거죠. 자신의 이름으로 무엇 하나 할 수 없는 아버지를 위해서요."

그런데 병을 얻어 빚만 남게 된 것이다. 김지훈의 처지를 생각하니 정석화는 입이 썼다. 김영환 역시 마음이 좋지 않은 듯 혀를 찼다.

"아무리 부모라지만 왜 그런 인간이랑 같이 사냐고. 아니, 그 404호 여사님도 그래. 남편이 그러면 말려야지, 왜 자식 이름으로 빚을 지게 한 거냐고. 그리고 뭐가 예쁘다고 병간호까지 했는지, 원."

김영환의 구시렁거림에, 송범준 형사가 조심스레 김석훈을 두둔했다.

"설마 자식의 이름으로 빚이 될 줄 알았겠습니까? 병원 기록이 있기 전까지는 대출금을 갚고 있었던 것 같은데요."

"그래도 그렇지."

김영환은 만일 자신이 김지훈의 어머니였다면, 절대적으로 만류했을 거라고 열변을 토했다.

"나는 이혼하면 이혼했지, 자식 이름으로는 절대 빚 못 물려 줘요."

그때, 송범준 형사가 단호하게 고개를 저었다.

"이혼이라니. 그건 아닙니다. 아이들의 정서에도 좋지 않고요."

그들의 이혼에 대한 때아닌 설전이 오갔다.

"그리고 아이라니. 김지훈이 아이는 아니잖아요?"

김영환의 비아냥거림도 있었다.

"기사님도 알겠지만, 결혼하기 전까지는 나 애라구요. 그리고 아이들은 가정환경에 많은 영향을 받지요. 김지훈의 어머니는 아이들을 편부 혹은 편모 가정에서 키우고 싶지 않았던 거 같으니까."

"이해가 가질 않는군요."

"······난 알 것 같은데."

정석화가 조용히 중얼거렸다. 옆집에 살다 보면 듣고 싶지 않아도 듣는 것이 있었다. 남매의 어머니는 늦잠으로 인해 자식들이 아침을 먹고 가지 못하는 것만으로도 발을 동동거렸다. 그 소리에 잠이 깨, 귀를 기울이면 하나라도 더 먹고 가라는 그녀의 목소리가 복도를 울리곤 했었다. 자식들이 이미 성인이 되었는데도······.

그리 친하게 지내지는 않아 자세한 사정은 알 수 없었으나, 그런 사람이니 가정적이지 않은 남편과 사는 이유도 분명 자식들 때문일 터였다. 남매의 어머니는 '엄마'라는 단어를 절로 떠오르게 하는 사람이었으니까.

"뭐?"

"······아니야."

정석화는 상념을 부정하고 대화의 흐름을 사건으로 돌렸다.

"그럼 401호 의사 양반은요? 그 사람은 왜 의심스럽습니까?"

"이상해서요."

"……이상하다니요?"

"그치가 403호 집주인과 404호 김지훈을 만나고 있더라고요."

피해자들의 연합단체라도 만들 셈인가. 정석화가 이웃들의
의도를 떠올릴 때였다.

"401호 의사 양반이 그 집들을 사겠대요."

"네?! 집을 산다고요?!"

세세한 보상 범위가 결정되기까지는 많은 시간이 걸릴 터.

보상의 범위가 폭넓게 결정되었다면 모를까, 이런 상황에서
집을 사겠다고 말하는 것은 어리석은 일이었다. 정석화는 되물
을 수밖에 없었다. 4층에서 복구된 곳은 복도뿐이라서.

"굳이 왜요? 복구가 결정되기는 했어도 아직 시기가 결정된
것도 아니잖아요."

"그러니 이상하지요. 돈도 있을 만큼 있는 양반이 굳이 탄 집
을 살 필요가 없지 않습니까? 애초에 안 팔았으면 되사는 일도
없었을 테니까요."

"……되사다니요?"

"아. 제가 말씀 안 드렸나요? 404호는 이전에 죽은 김귀자의
소유였습니다. 그녀는 여성임에도 대부업과 리모델링 사업으
로 돈을 벌었답니다. 남편 통해 그 집을 리모델링해서 팔았다
고 하더라고요. 이쪽 일대에선 유명한 업자였답니다."

"그건 확실히 이상하네요."

401호 또한 화마를 벗어나지 못했으니, 401호 남자 이혁재는 당장 거주할 곳을 찾아야 했다. 게다가 그의 직업은 의사다. 그러니 본인의 모친과 같이 리모델링을 통해 투자할 집을 찾았나 해도 화재가 났던 집을 구입할 리는 없었다.

그런데 불에 타 언제 고쳐질지 불확실한 아파트를 구입하려 접촉한다?! 정석화가 이런저런 가능성을 떠올렸다.

"혹시 보상이 클 거라는 정보라도 얻은 걸까요? 그렇지 않으면……."

"아니. 그건 아닐 겁니다. 그쪽에 들어 보니, 보상에 대한 걸 최대한 늦추려 한다더군요. 방화 사건이니까요."

방화범이 잡히면 보상 청구라도 할 수 있을 텐데, 애석하게도 방화범에 대한 증거는 많지 않았다. 게다가 방화범이 잡힌다 해도 보상 청구를 받을 수 있는지는 다른 문제였다. 방화범이 손해액을 감당할 만한 자산을 갖지 않았다면 청구한다 해도 소송비만 들어갈 테니까.

"범인이 잡히면 범인에게 떠넘기겠다는 수작이군요."

"네. 방화범이 잡힐 기미가 보이질 않으니까요."

속이 뻔히 보이는 수작질이었기에, 정석화는 혀를 차며 물었다.

"그럼 403호와 404호는 어쩌겠답니까? 팔겠답디까?"

"글쎄요. 잘은 모르지만 그런다고 하지 않을까요? 듣자 하니 시세대로 맞춰준다고 한 모양인데, 팔지 않을 이유가 없잖습니까."

불타지 않은

송범준 형사는 꽤나 확신을 갖고 말했다.

"시세대로라니……, 그게 정말입니까?"

"네. 그분들한테 직접 들은 말이니 확실합니다."

한편, 옆에서 듣고 있던 김영환이 끼어들었다.

"대체 무슨 꿍꿍이속일까요?"

전부 불에 탄 두 세대를 시세에 맞춰 구입하겠다니. 조건이 과해도 너무 과했다.

그저 아무런 생각 없이 벌인 일이라면 상관없겠지만, 의사라는 직업을 갖고 있을 만큼 머리 좋은 양반이 그럴 리는 없었다.

"모르지요. 내가 그 마음을 어찌 알겠습니까."

송범준 형사가 불퉁하게 대답했다. 얼굴에는 찝찝함이 가득했다.

"그래서 내가 영 께름칙합디다. 무슨 속셈이 있는 건 확실한데……."

나직이 중얼거리는 목소리에는 확신이 있었다.

"이혁재 씨 주변 인물들을 좀 파보는 건 어떻습니까?"

"나라고 왜 그런 생각을 안 해봤겠어? 근데 집히는 게 있어야 말이지요."

송범준 형사가 머리를 세게 긁었다.

"다른 사람들 진술은 들어본 거 같은데, 그분 진술은 안 들어봤습니까?"

"들어야 봤지요. 하지만……."

무언가를 떠올리는 듯한 표정을 짓던 송범준 형사가 한숨을 내쉬었다.

"그다지 참고가 될 만한 게 없었던 모양이네요."

"예."

"예상외군요."

송범준 형사의 말에, 정석화는 아파트가 불탔을 때를 떠올렸다.

어머니를 찾기 위해 불길도 마다하지 않던 모습만 보면 401호 남자 이혁재는 세상 어디에도 없는 효자였다. 하지만 화마가 자신의 어머니를 집어삼키자마자 집을 사려 하다니.

진정으로 어머니의 죽음을 슬퍼하는 중이라면 집을 사고팔 여유가 있을 리 없다.

정석화로서는 자신이 알고 있던 '옆집 의사 선생'의 이미지와는 다른 모습에 이질감을 느낄 수밖에 없었다.

덕분에 송범준 형사와 대화를 나누고 있다는 것도 잊고 생각에 잠겼다. 그리고 김영환과 송범준 형사는 그 모습에 주목했다.

"무언가 집히는 게 있습니까?"

송범준 형사의 물음에, 정석화가 잠시 눈치를 살폈다.

옆집에 살던 의사, 이혁재와 마주한 것은 불과 두 번. 식사 약속을 잡을 때와, 식사를 한 날뿐이다. 함부로 말할 수 있는 부분이 아니라는 생각에 정석화의 대답은 조심스러웠다.

"음……. 그렇다기보다는 방화가 있던 날, 봤던 모습과는 대비되는 행보여서요."

불타지 않은

제대로 알만큼 친하지 못하니, 섣불리 말할 수는 없다고 생각한 것이다. 하지만 송범준 형사는 정석화의 말에 담긴 생각을 눈치챘다.

"뭔가 떠오르는 게 있나 보군요."

"……네."

"그럼 녹화본 한번 살펴보시겠습니까?"

"녹화본이요?"

"네. 정석화 씨 이웃들이 한 증언들, 모두 촬영해 뒀거든요."

"하지만 그건…….."

"무슨 말을 하실지 압니다."

참고인 조사를 위해 조사한 기록은 일반인에게 공개해서는 안 된다. 이는 누구나 아는 일인지라, 송범준 형사가 녹화본을 보라고 권하리라는 건 생각지도 못했다.

정석화가 의외의 눈으로 송범준 형사를 바라봤다.

"비록 정석화 씨와 저의 첫 만남이 그리 좋지는 않았지만, 제가 그리 융통성 없는 사람은 아닙니다. 그리고 무엇보다 수사에 도움이 되는 일이니까요."

정석화는 송범준 형사의 권유를 기꺼이 받아들였다.

촬영본의 시작은 403호 주인의 인터뷰였다.

모순의 취조

"아, 글쎄. 난 아무것도 모른다니까."

"확실합니까?"

"예! 당연한 거 아닙니까. 내가 왜 내 집을 태워 먹을 이유가 없지 않습니까?"

이렇게 말한 403호 집주인 김한식이 한숨을 내쉬었다.

"나는 그저 월세나 좀 받아먹었던 것뿐인데. 관리도 내가 안 한다고요."

"하지만 들였던 세입자가 둘이나 되지 않습니까? 그 사이 집에 한 번도 들어와 보지 않았다는 게 말이 됩니까?"

"말이 되지."

403호 집주인 김한식은 세입자 입주 전 청소는 업체에 맡겼으며, 청소 후 확인은 자신이 아닌 부인이 했다고 주장했다.

"나요, 직장 생활 하는 사람입니다. 형사님도 사회생활을 하니 알겠지만, 내가 자영업자도 아닌데, 그런 걸 어떻게 일일이 확인하겠어? 안 그래요?"

김한식의 말은 일견 타당해 보였다. 하지만 송범준 형사는

불타지 않은

의심을 떨칠 수 없었다. 방화 장소가 403호였기 때문이다.

"그럼 어떻게 해서 403호가 발화 지점이 되었을까요? 혹시 집 비밀번호를 아는 사람이 있습니까?"

"나랑 와이프만 압니다."

"그뿐입니까?"

"네."

김한식의 대답에 송범준 형사가 으름장을 놨다.

"혹시 귀찮고 번거롭다는 이유로 거짓 진술하는 것은 아니지요? 그러시면 안 됩니다. 나중에 거짓 진술로 처벌받을 수 있어요."

"아, 정말이라니까. 이봐요, 형사 양반. 나는 빨리 범인이 잡혀서, 불에 탄 아파트 수리비를 보상받고 싶은 사람입니다. 내가 뭐가 아쉬워서 거짓말을 해요? 그리고 불이 시작된 장소 때문에 나를 이리 잡는 모양인데, 나랑 마누라는 그날 다른 곳에 있었습니다."

"이곳에 없었다고요?"

"네. 마누라랑 제주도에 다녀왔거든요."

403호 집주인이 송범준 형사에게 무언가를 내밀었다. 화재 이틀 전과 화재 발생한 다음 날의 왕복 비행기 티켓이었다. 송범준 형사가 받아든 티켓을 요리조리 살폈다.

확인할 필요가 있겠지만 티켓이 위조되었을 가능성은 없어 보였다.

"거 참! 속고만 살았습니까? 의심스러우면 항공사에 전화 해

보세요. 티켓도 제가 예약했고요. 혼자 간 것도 아닙니다. 부부 동반 모임으로 가서 증언할 사람도 많아요."

403호 집주인은 송범준 형사의 행동이 불만스러웠는지 연신 구시렁거렸다.

"거 참. 이노무 집. 산다는 사람 있을 때 팔아먹든가 해야지, 원."

"산다는 사람이 있다니요?"

403호는 방화의 시작점이었고, 화재 분석은 아직도 끝나지 않았다. 이 때문에 화재 복구는 이루어지지도 않았다. 그런데 그런 집을 사겠다는 사람이 있다니. 이해가 가지 않는 일이라 묻지 않을 수 없었다.

"화재 현장을 사겠다는 사람이 있습니다."

"혹시 그게 누군지 알 수 있을까요?"

"뭐……, 알려 주지 못할 건 없죠."

그가 구매 의사를 보였다는 이를 알려 주었다. 놀란 송범준 형사의 입이 벌어졌다.

"그런데……, 저 가도 됩니까?"

"네."

송범준 형사가 403호 집주인 김한식을 배웅하고 화면이 어두워졌다.

**

"확인 결과 403호 김한식의 증언과 알리바이가 일치했습니다."

"그는 범인일 수가 없군요."

"……네. 그리고 몇 시간 있다가 이혁재 씨와도 인터뷰를 했어요."

"이혁재…씨요?"

예상치 못한 이름에 정석화가 되물었다.

"네. 다음에 이어지는 영상이 그 양반하고 한 내용입니다."

**

"범인을 잡은 겁니까?"

"아니요. 애석하게도, 아직…….."

그러자 401호 이혁재가 불쾌한 표정을 짓는다.

"왜 아직까지도 범인이 잡히지 않았는지 모르겠군요. 경찰들은 대체 뭘 하고 있는 겁니까?"

이성적이고자 애쓴 말투지만 감정적으로 격양된 것이 역력했다. 공격적인 이혁재의 말투에 형사의 얼굴에 불쾌감이 서렸다. 하지만 그는 자신의 감정을 드러내지 않았다.

한순간의 방화로 모친을 잃은 그의 마음이 오죽할까 싶었던 것이다.

"저희 경찰 측 역시 수사 인력을 최대한으로 가동하고 있습니다."

하지만 송범준 형사의 마음과 달리, 이혁재는 그의 말을 긍정적으로 받아들이지 못했다.

"아직도 수사 중이란 말입니까?"

"네. 하지만 최선을 다하고 있으니 금방 실마리가 나올 겁니다."

"최선? 제가 궁금한 건 최선이 아니라, 수사가 어디까지 이루어졌나, 하는 겁니다."

이혁재는 단호했다. 하지만 유가족에게 수사에 대한 모든 상황을 오픈하는 것은 무모한 일이다. 용의자에게 공격을 퍼부을 수도 있고, 무모하게 범인을 잡으려다 피해를 입을 수도 있기 때문이다.

그렇기에 송범준 형사는 이런저런 말을 할 수 없었다. 하지만 401호 의사는 이성적이지 못했다. 수사 내용은 기밀이라 밝히지 못함을 양해해 달라는 송범준 형사의 말이 401호 의사를 자극한 듯했다.

"사실은 아무것도 드러난 게 없어서 그런 거 아닙니까? 당신들, 정말 조사하고 있는 거 맞습니까?"

"당연하지요. 최선을 다해 수사 중입니다."

"그놈의 최선, 최선! ……하! 산책로에 불 지른 녀석을 아직도 병원에 내버려 둔 주제에, 최선이라고? 차라리 다른 사건이 바빠 아무런 조사도 하지 못했다고 솔직하게 말하지 그럽니까?"

"선생님, 진정하시고요."

"진정이라고요? 한순간에 어머니를 잃었습니다. 그뿐입니

불타지 않은

까? 만일 나와 아이가 집에 있었다면 저희 가족이 모두 목숨을 잃었을 테지요.”

이혁재의 언성은 갈수록 높아졌다.

“저희 아이는 엄마도 없이 할머니 손에 자랐어요. 그런 애가 할머니를 얼마나 찾는지 아십니까? 그런데 당신들이 감히 수사를 이따위로 해?”

그가 앉아 있던 의자를 내동댕이쳤다. 폭력적인 모습에도 이해하려 애쓰던 송범준 형사의 태도가 취조의 형태로 변했다.

“그럼 제대로 조사를 해보죠. 이혁재 씨야말로, 작고하신 당신의 모친을 그렇게 그리워하면서 어떻게 아파트를 살 생각을 하셨습니까?”

“뭐라고요?”

“403호 주인한테 들었습니다. 403호와 404호, 둘 다 매수하고자 하신다고요?”

그러자 401호 의사의 목소리가 누그러들었다. 송범준 형사는 변해 버린 그의 태도에 더더욱 수상함을 느꼈다.

“그게 지금 사건과 무슨 상관이 있다고 그러십니까?”

“상관이 아예 없지는 않지요.”

이에 403호 의사 이혁재는 이를 눈치채고 불편한 기색을 드러냈다.

“지금 날 의심하는 겁니까? ……어떻게 날 의심할 수 있는 거죠? 나는 가족을 잃었습니다. 내 어머니를 잃었다고요!”

송범준 형사가 비탄에 빠진 이혁재의 모습을 물끄러미 바라봤다.

가족을 잃어 슬픔에 빠진 사람이 아파트를 사들일 여력이 있기는 한 걸까. 지나가던 개도 웃을 일이다. 하지만 송범준 형사는 형사는 눈앞의 인간이 범인이라고 밝혀지지 않는 한 자신의 생각을 노골적으로 밝힐 수는 없다.

"……이혁재 씨를 의심하는 건 아닙니다. 하지만…….."

"하지만?"

"폐허가 되어버린 403호와 404호를 매수하려 한다는 게 이해가 가지 않아 물었을 뿐입니다."

"하! 그럴 시간에 산책로에서 담배꽁초나 버리는 인간을 찾아 처벌하는 게 어떻습니까?"

이혁재가 자리를 떴다.

**

401호 의사, 이혁재의 촬영본을 보던 송범준 형사가 한숨을 내쉬었다.

"저러고 그냥 나가면 어쩌라는 건지, 원. 정말이지 형사질은 해먹을 게 못 된다니까."

그는 한참 동안 이혁재의 태도를 비난했다.

한편, 정석화는 이혁재의 말에 주목했다.

"그런데, 제 옆집 의사 양반은 아무래도 김정희 씨를 의심하는 거 같은데요?"

불타지 않은

"네. 아무래도 그런 모양이에요."

두 개의 화재에 쓰인 방화 방법은 동일하다. 게다가 같은 약품이 쓰이기까지 했다. 이 둘을 고려하면 김정희가 아파트에 방화를 저지른 후 구석에 몰려 분신자살을 시도했을 확률이 높다는 결론을 낼 수밖에 없다.

문제는 증거가 없는 데다가, 김정희와 대화조차 할 수 없다는 사실이다. 그렇기에 정석화는 김정희가 깨어나는 것이 가장 큰 문제라고 생각하고 있었다.

"그분은 깨어나셨습니까?"

"네."

"그럼 취조는요?"

"그건 아직입니다."

김정희가 의식을 찾은 것이 얼마 되지 않는 데다가 목에 손상이 많아 목소리를 내기가 힘들었다. 물론, 그렇다 해서 경찰이 김정희에게 아무런 조치를 취하지 않은 것은 아니다.

"하지만 조사는 다 마쳤습니다."

눈이 번쩍 뜨일 만한 소식에 김영환이 눈을 빛냈다.

"······벌써요?"

동석한 정석화 역시 마찬가지였다. 한동안 의식을 차리지 못했다고 들었다. 그런데 벌써 조사를 마쳤다니. 정석화는 송범준 형사를 의아한 눈으로 쳐다봤다.

"네. 범행에 사용된 것과 같은 시너가 사용된 화재니까요."

송범준 형사는 방화 후 자살을 시도했을 가능성도 염두에 두고 수사에 임했다고 말했다.

"사실 처음에는 김정희의 이력이 원체 이례적이어서, 그가 범인일 거라 생각했어요."

"······생각했다니? 그럼 지금은 아니란 말씀이군요."

"네."

송범준 형사는 김정희가 범인이 아닌 이유에 대해 조목조목 설명했다.

"김정희가 범인일 수 없는 첫 번째는 바로 시너를 구입한 적이 없다는 점입니다."

그가 범인일 거란 생각에 다주 인근의 페인트 가게와 인터넷 사이트를 다 뒤졌는데도 구입 내역과 신용카드 기록이 없었다. 물론 현금으로 구입했을 가능성을 배제할 수는 없다. 가게 주인들이 기억하지 못할 가능성도 배제할 수는 없었지만 현 상황에서는 그랬다.

"김정희가 분신자살 미수로 우울증에 시달리기는 했지만, 그걸 고치겠다고 많은 노력을 했습니다. 정신의학과에 다니는 환자의 대부분이 중간에 포기하는 경우가 많은데, 그는 그러지 않았어요. 무려 2년 8개월이나요."

"······2년 8개월이요?"

"네. 마침 김정희 씨는 이혁재 씨가 근무하는 대학병원에 다니고 있었는데, 담당의에 의하면, 그는 그동안 한 번도 빠지지 않고 병원을 다녔다고 해요. 약도 빠트리지 않고 먹었고요. 그만큼 자신의 행동을 고치고 싶어 했다는 거죠."

불타지 않은

"대단하네요."

정신의학과에서 다루는 병은 대다수가 생명과는 지장이 없는 것이다. 이렇다 보니, 정신의학과의 도움이 필요한 환자들이 꾸준히 병원을 다니는 경우는 많지 않다.

그런 면에서 봤을 때, 2년 8개월간 성실히 병원을 오가는 것은 많은 노력이 필요한 일이었다.

그런 그가 방화를 저질렀을까. 그러지는 않을 터였다. 정신병 이력이 있는 이들의 범죄는 대개 병원 진료를 제대로 받지 않은 이들에게서 발생하는 경우다.

"네. 그런데 더 대단한 건 따로 있어요."

"그게 뭡니까?"

"그는 이미 보름 전, 의사로부터 자신의 정서에 아무런 이상이 없다는 말을 들었어요. 한마디로, 그가 방화를 저지를 만한 정신상태가 아니었다는 말이지요."

"정말 그러네요. 하지만 김정희의 담당의가 그를 제대로 파악한 게 맞을까요? 그의 알리바이는 확인된 건가요?"

"물론이죠."

송범준 형사는 김정희가 사건 당시 자신이 운영하는 치킨집에서 단체 손님을 응대했다는 것과 김정희의 담당의가 제출한 소견서도 갖고 있었다.

소견서의 내용은 김정희가 성실하게 의사의 처방을 따랐으며, 앞으로도 진료만 잘 받는다면 비환자들과 동일한 생활이 가능하다는 것이었다.

담당의의 소견서와 송범준 형사의 확언.

그럼에도 정석화는 김정희를 용의선상에서 제외하기에는 이르다는 생각이 들었다.

"그의 트라우마 따위를 건들만 한 상황이 조성되어, 갑자기 정신이 불안정해졌을 수도 있지 않을까요? 무엇보다 김정희의 알리바이는 확실한가요?"

"네. 그 단체 손님이 카드 계산을 했기 때문에, 카드 리더기에 기록이 남았습니다. 그래서 그 손님에게 찾아가 직접 물었습니다. 카드 결제는 김정희가 있을 때 했다고 했습니다. 무엇보다 그 현장에 있던 김정희의 전 부인도 함께 증언했습니다."

"……전 부인이요?"

자고로 쿨한 이별은 없는 법이다. 게다가 김정희는 여러모로 문제가 많은 이였으니 행복한 결혼 생활은 아니었을 터다.

그런데 전 부인과 함께 있었다니. 정석화가 의외라는 눈으로 바라봤다.

그러자 송범준 형사가 이유를 설명했다.

"네. 다시 재결합하려고 준비 중이었더군요."

김정희의 두 번째 전 부인은 화재 당시 그와 함께 있었으며 그가 자신과의 재결합을 위해 성실하게 병원 치료를 이어갔다고 주장했다. 또한 김정희는 이전 결혼 생활에서도 헌신적인 면모를 보였다며, 그의 평상시 모습을 두둔했다.

"사실 저도 김정희에 대해 이것저것 물어봤는데, 전 부인 도희영 씨는 한사코 좋은 얘기만 해주더라고요. 게다가 결정적으

불타지 않은

로 김정희는 범인이 될 수 없어요."

범인이 될 수 없다? 단정적인 어투에 정석화가 송범준 형사에게 해명을 요구했다.

"비흡연자인 사람이 담배꽁초로 방화를 저지른다는 건 말이 안 되는 걸요."

"비흡연자요?"

"네."

송범준 형사의 확답에 김영환이 탄식했다. 한편, 정석화는 믿을 수 없어 되물었다.

"비흡연자가 확실합니까?"

"네. 흡연 검사도 끝났습니다. 그는 완벽한 비흡연자입니다."

송범준 형사는 "그가 개과천선하지 않았으면 내가 왜 다시 재결합을 하려 하겠냐"는 도희영의 말에도 의심을 지우지 못했던 사람이지만, 비흡연자라는 증거는 믿지 않을 수 없었다.

"김정희가 용의선상에서 지워지자, 한때나마 그를 범인으로 의심했던 저 자신이 부끄러웠습니다. 그러니 명백히 의심스러울 수밖에 없는 사람을 조사했지요."

"의심스러울 수밖에 없는 사람……, 이요?"

"네. 404호 가족 말입니다."

"그들의 인터뷰도 마쳤습니까?"

"네. 404호에서 가장 처음에 조사를 시작한 건 남편을 잃은 미망인, 박명자 씨부터였습니다."

**

"혹시 사건 관련해서 무슨 일이 있나요?"

빅명자는 눈에 띄게 불안해하는 모습을 보였다. 그 모습에서 자신의 모친을 본 송범준 형사가 굳은 표정을 풀고 상황을 설명했다.

"그런 건 아니고요. 사건 관련한 수사 과정에서 발생하는 의례적인 과정입니다. 선생님은 그러지 않으셨지만, 가끔 수사 과정에서 거짓을 말하는 경우도 있고요. 자기도 모르는 사이에 범인을 목격한 경우도 있거든요."

하지만 404호 어머니 박명자는 좀처럼 긴장을 풀지 못하는 기색이었다.

"하, 하지만 저는 불이 났을 때 그 장소에 없었는데요?"

"물론 그건 잘 알고 있습니다."

화재 발생 당시, 404호 남매의 어머니인 박명자는 근무 중이었다. 그녀와 함께 근무하는 동료가 이를 증언했기 때문에, 박명자는 가장 먼저 용의선상에서 벗어났다. 그럼에도 그녀를 부른 것은 이웃과 가족에 대해 묻고 싶기 때문이었다.

"제가 박명자 씨한테 묻고 싶은 건, 이웃들에 대한 겁니다."

"설마, 형사님이 생각하는 범인이 이웃들 중 한 사람인 건가요?"

"범인이 누구다, 하고 정해 놓고 수사하지는 않습니다. 아직 범인의 흔적도 드러나지 않았고요."

　　　　　　불타지 않은

"그런데 왜?"

"가능성은 언제나 열어 놔야 하는 법이니까요."

"혹시 이웃 중 수상한 행동을 하는 사람을 본 적이 있습니까?"

"글쎄요, 그건 저도 잘……."

"아주 사소한 것도 좋습니다. 혹시 4층 주민들 중 다툼을 벌였다던가, 어떤 이해관계가 있다던가, 하는 것들 중 알고 계신 게 있습니까?"

박명자가 기억을 더듬었다. 그러다 뭐가 떠올랐는지 한참을 망설였다.

송범준 형사는 이를 참을성 있게 지켜보았다.

"저……, 혹시 들으셨는지는 모르겠는데……, 혁이 아빠, 그 의사 선생이 저희 집과 403호를 팔라고 한 적이 있거든요."

"음……, 들었습니다. 그런데 그 부분이 이상하다고 느끼셨다고 했는데, 구체적으로 어떻게 이상하다고 느꼈습니까?"

"그게……, 404호 그러니까 저희 집을 산 게 3년 전인데요. 그 집을 판 게 이번에 돌아가신 401호 아주머니였어요. 그런데 다시 산다고 말하니, 좀 이상하더라고요."

"그게 정말입니까?"

"네. 자세한 건 딸한테 물어봐야겠지만요. 그런데 이런 게 수사와는 관련 없는 이야기라서……."

박명자가 난색을 표하자 송범준 형사가 고개를 저었다.

"아닙니다."

실제로 수사는 사소한 것에서부터 시작되는 것이다. 게다가 박명자가 입을 연 것은 수사에 조금이라도 도움을 주기 위한 일이다. 도움 여부를 떠나 고마워해야 하는 일이었다. 하지만 박명자는 영, 마음에 걸리는 듯했다.

"혹시 괜찮으시다면 딸을 좀 불러올까요? 어차피 저 다음에 딸과도 말씀 나누기로 하셔서, 딸이 오늘 휴가를 냈거든요. 여기 올 때도 딸이랑 같이 왔고요. 커피 한 잔 사온다고 하길래, 제가 먼저 들어왔어요."

"그렇군요."

송범준 형사는 경찰청에 방문한 박명자와는 마주했지만 그녀의 딸 김지영과는 마주한 적이 없었다.

박명자는 딸에게 전화를 걸었다. 얼마 지나지 않아 송범준 형사는 박명자의 딸 김지영과 마주했다. 박명자의 옆에 앉은 김지영은 곧바로 입을 열었다.

"저한테 물어볼 게 있다고요?"

"네."

긍정을 표한 송범준 형사가 물었다.

"지금 살고 있는 집 404호를 고인이 된 김귀자 씨로부터 매입한 물건이라는 게 사실입니까?"

"네. 맞아요."

"김귀자 씨의 아들 이혁재 씨가 다시 구입을 원한다는 것도 사실인가요?"

"네. 그런데 그건 왜 물으시죠?"

불타지 않은

"어머! 얘!"

딸의 공격적인 말투에 당황한 박명자가 민망한 듯 딸을 말렸다. 하지만 김지영은 내가 뭘 어쨌는데 하는 얼굴로 어깨를 으쓱할 뿐이었다.

"솔직히 우리가 집을 팔든지 말든지 형사님하고는 상관없는 거 아닌가?"

그녀의 말에, 박명자가 딸의 팔뚝을 때렸다. 김지영이 얻어맞은 팔뚝을 문질렀다.

송범준 형사는 배려하는 마음이 전혀 없는 김지영의 태도에 미간을 찌푸렸다.

"그럼 김지영 씨와 관련된 이야기를 해보죠."

김지영이 자신의 팔짱을 꼈다. 사뭇 공격적인 태도였다.

"김지영 씨는 인근에 있는 남부소방서에서 근무 중이시죠"

"네."

"주로 어떤 업무를 맡고 있죠?"

"……잠깐만요. 그게 지금 이 상황과 무슨 상관이죠?"

"……딸."

김지영의 비협조적인 태도에 박명자가 딸을 불렀다. 하지만 김지영은 모친의 말을 듣기보다는 모친을 수사실에서 내보내는 방법을 택했다.

"엄마, 다 끝났으면 그냥 나가 계셔. 내가 다 알아서 할 거니까 걱정 말고."

기어이 모친을 내보낸 김지영은 다시 자리를 찾아 앉았다.

다리를 꼰 후에 입을 열었다.

"저기요. 우리 시간 낭비하지 말죠."

"네?"

"이렇게 돌려서 말하실 것 없어요. 형사님은 지금 날 의심하고 있는 거죠?"

마침 김지영이 근무하는 소방서의 시너 구매 내역이 기록된 서류를 찾던 송범준 형사가 눈을 가늘게 뜨며 물었다.

"왜 그렇게 생각하시죠?"

혹시 수사에 대한 무언가를 알고 있는 건가? 소방서와 경찰청. 하는 일은 다르지만, 공공기관으로서의 위치 때문에 마주할 일이 많다. 정보가 샜을 수도 있다는 생각에 송범준 형사의 머릿속이 맹렬히 움직였다.

"당신들 생각이야 뻔하죠. 내 직업이 소방관이니, 불을 이용한 범죄라면 상대적으로 불에 친숙한 날 범인으로 지목할 게 뻔하잖아요."

김지영의 말에 담긴 진위 여부를 판단하기 위해 송범준 형사는 그녀를 물끄러미 살폈다. 조사할 테면 얼마든지 해 보라는 김지영의 당당한 태도. 반발심이 느껴지긴 했지만 자신을 의심하는 이유에 대해서는 알지 못하고 있는 게 분명했다.

송범준 형사는 안심하는 한편, 그녀를 구석으로 몰았다.

"도둑이 제 발 저린다더니…… 뭐. 당신이 용의자 리스트에 올라와 있기는 하죠. 하지만 그게 당신이 소방관이라는 이유만은 아닐 텐데요?"

"……그럼 의심하는 부분은 따로 있다는 말인가요?"

"네."

송범준 형사의 긍정에, 김지영의 태도가 무너졌다.

"나도 들은 바가 있어요. 화재 현장 분석 결과도 제대로 나오지 않은 걸로 알고 있는데요. 설마, 날 떠보는 건가요?"

김지영이 기분 나쁜 웃음을 지었다.

"내가 여자인 데다, 소방사라고 무시하나 본데!"

"무시가 아니라 그저 사실을 말할 뿐입니다."

"웃기지 말아요. 증거가 남지 않아서 날 범인으로 몰고 싶은 거잖아요? 사람 잘못 봤어요."

잔뜩 흥분한 기색의 김지영이 자리에서 일어나 문으로 향했다. 그런 김지영을 불러 세운 것이 있었다.

"당신을 범인으로 모는 게 아니라, 증거가 당신을 향해 있기에 하는 소립니다. 당신, 당신의 아버지 앞으로 거액의 생명보험을 들었더군요."

문을 열던 김지영의 움직임이 멈추었다.

송범준 형사는 우뚝 선 김지영을 다시 앉히고 말을 이어갔다.

"당신은 소방관으로 임관한 지 몇 년이 되지 않았고, 정근수당이나 야간수당 같은 걸 합쳐도 월급은 뻔할 겁니다. 그런데 당신은 소방관으로 임용되자마자 생명보험을 들었네요?"

"……지금 제 계좌를 조회해봤다고 말씀하시는 건가요? 이건 불법 개인사찰이에요!"

"아니요. 그건 아닙니다."

김지영의 거주지 404호는 불탔고, 보상을 위해서는 보험사에 청구를 해야 했으며, 보상을 받기 위해 김지영은 아파트 화재보험을 조사하는 손해사정사에게 자신의 개인정보를 제공했디.

김지영이 5억 배상의 생명보험을 들었고, 얼마 전 생명보험금을 청구했다는 사실은 이러한 과정에서 알게 된 거였다.

송범준 형사의 설명에 김지영은 낭패한 기색이었다.

"빠르게 생명보험을 청구하셨더군요."

"보험금을 청구한 게 그렇게 잘못인가요?"

"설마요. 하지만 보험금을 청구하기 위해 방화를 저질렀다면 말이 달라지겠지요."

송범준 형사의 말에 404호 소방관 김지영의 한쪽 입꼬리가 올라갔다.

"설마 내가 소방관이니 방화를 저질렀다는 건 아니겠죠?"

404호 소방관 김지영의 빈정거림에 송범준 형사도 맞섰다.

"저희 측에서 주목한 건 남부소방서에서 구입한 시너에요."

"……, 시너…요?"

"네. 기록을 보니, 이번 여름에 있을 소방학교를 위해 남부소방서에서 00페인트 회사의 시너를 구입하셨다고요. 그리고 김지영 씨는 남부소방서에서 근무 중이고요."

의외의 증거를 내밀자 김지영이 고개를 갸웃거렸다.

남부소방서의 소방학교는 지난 10년간 꾸준히 이루어지는 행사다.

불타지 않은

김지영은 겨우 시너 하나 때문에 자신이 범인으로 몰렸다는 것을 이해할 수 없다고 생각했다. 소방학교에서 강의하는 것들 중 하나가 소화기를 사용하는 방법이다. 남부소방서에서 시너를 구입한 이유도 이 때문이었으니까.

"그게 뭐, 어떻다는 거죠?"

"00페인트 회사의 시너. 이건 방화 사건에서도 쓰인 제품입니다."

"……?!"

401호 김지영의 눈이 흔들렸다.

승기를 잡았다 생각한 송범준 형사가 김지영을 다그쳤다.

"이런 시기적절한 우연이 있을까요?"

놀란 김지영이 자리에서 일어나는 바람에 책상이 덜컹거렸다. 송범준 형사는 넘어갈 것 같은 책상을 잡고 물었다.

"이래도 상관이 없습니까?"

"……."

대답은 없었다. 하지만 수사실에는 말소리가 끊이지 않았다.

"김지영 씨가 남부소방서에서 하던 주 업무는 119 콜을 받는 것과 비품구매죠?"

"네. 하지만 그게 뭐 어떻다는 거죠? 시너는 소방학교같이 특정 기관이나 행사에만 쓰이는 비품은 아니잖아요?"

김지영의 태도는 사뭇 당당했다. 하지만 송범준은 당황하지 않았다. 아직 내보일 패가 많았기 때문이다.

"네. 물론 시너는 어느 곳에서나 구할 수 있고, 어느 곳에서

나 사용할 수 있죠. ……하지만 말입니다. 시너를 이 정도로 구입하는 게 흔한 일은 아니더군요."

송범준 형사의 발언에, 상황이 본인에게 불리하게 돌아가고 있음을 인지한 김지영이 입술을 깨물었다.

"어쩌면 지금 이 상황이 김지영 씨에게는 상당히 억울할 수도 있을 겁니다. 하지만 말이지요. 김정희 씨가 엮인 화재 사건 장소는 제법 넓어요. 제법 많은 양의 시너를 사용했을 테지요. 그런데 이 부근에서 이 정도의 시너를 구입한 곳은 김지영 당신이 근무 중인 남부소방소 한 곳뿐이더군요 이게 과연 우연일까요?"

현실을 짚어내는 취조에 궁색해진 듯, 김지영은 말이 없었다.

"그런데 남부소방서에서 구입한 시너는 소방학교 시작 전인 지금, 이미 사용한 것 같더군요. 꽤나 많이. 그리고 평상시보다 훨씬 많이-."

"'훨씬 많이'라니……, 아니에요. 그냥 한 번 쓸 양을 나눠 둔 것뿐이라고요."

"아니요. 분할해 두었다는 시너까지 확인했습니다."

그 결과, 남부소방서에서 구입한 시너의 양은 100리터인데, 비품으로 남아 있는 것은 30리터가량인 것이 확인됐다.

"이 중 50리터가량은 사용했다고 했으니, 30리터가 비는 거죠. 이제는 제가 왜 증거가 당신을 향한다고 말하는지 아시겠지요?"

사라진 시너에 대해 전해 들은 김지영의 얼굴은 창백했다.

불타지 않은

답을 하지 않는 김지영에게, 송범준 형사가 물었다.

"……시녀 등의 비품 관리는 누가 합니까? 구매한 당신이 하는 것 아닙니까?"

"맞아요. 하지만 전……, 어쨌든 저는 아니에요."

김지영의 입술이 잘게 떨렸다. 강인했던 이전과는 달리 위태로운 모습이었다. 하지만 반대로 더 없이 수상하게 느껴졌다.

송범준 형사는 오랜 형사 생활로, 많은 연기를 봐 왔다. 눈앞의 여성이 연약해 보일지라도 속단은 금물이라는 것을 누구보다 더 잘 알았다.

어쩌면 김지영이 범인일 수도 있는 상황에서, 그녀의 겉모습에 동정을 느껴서는 안 되었다. 오히려 더욱 몰아붙이면 모를까.

"범인이 나 범인이요, 하는 사람은 없지요. 당신이 범인인지, 아닌지는 수사가 완료되면 드러날 겁니다. 제가 묻는 건 당신의 범행 여부가 아닐 텐데요?"

사라진 시녀가 알려주는 범인의 존재는 너무나 명백하니, 범행 여부는 물을 필요도 없다.

"김지영 씨. 분할 과정에서 시녀의 일부를 빼돌렸습니까?"

"아니요."

"그럼 단 한 번이라도 시녀에 손댄 적이 없습니까?"

"……네."

"그거 참, 이상하네요."

자신이 비품 용도로 구입한 것을 한 번도 만진 적이 없다니, 현실적으로 불가능 한 일이다.

"분명 당신 입으로 당신의 업무 중 하나가 비품 구입이라고 했을 텐데······. 왜 한 번도 손대지 않았죠?"

"······왜 손대지 않았냐구요? 애초에 남부소방서에서 근무하는 사람이 저 혼자는 아니잖아요. 나는 그저 구입을 했을 뿐이에요."

김지영은 자신의 정확한 업무는 비품 구입 비용의 영수증 처리이며, 사라진 시너와 자신은 무관하다고 주장했다. 하지만······.

"구입은 했지만 손을 댄 적은 없다고요? 하-. 어쨌든 구입 과정에서 당신의 손을 거치기는 했다는 거네요?"

"······네."

"그런데 어떻게 당신과 상관이 없다고 할 수 있죠?"

송범준 형사의 물음에 김지영이 입안의 여린 살을 깨물었다. 지금의 상황이 자신을 범인으로 지목하고 있다는 사실을 알았다.

"30리터가량의 시너가 사라지고, 인근에서 방화 사건이 발생했어요. 게다가 사건의 관계자 중 한 명은 사라진 시너를 관리하는 책임을 가지고 있었죠. 우연치고는 너무 공교롭다고 생각하지 않습니까?"

"대단한 우연의 일치라고는 생각해요."

"······우연의 일치요?"

뻔뻔한 답변이라 느낀 송범준 형사가 헛숨을 내뱉었다.

"당신의 상황과 당신이 가진 아버지에 대한 원한, 거기에 거

불타지 않은

액의 생명보험금까지. 그 모든 것이 당신이 범인이라는 걸 가리켜요. 그런데 우연의 일치라니…… . 당신은 그게 말이 된다고 생각합니까?"

시녀와 가정폭력 기록. 이 모든 상황이 김지영을 범인이라 외쳤다. 하지만 그렇기에 그녀는 더욱 당당하게 자신의 결백을 주장했다.

"당신이 말했죠? 사라진 시녀가 있던 장소와 내가 내 아버지에게 가진 원한. 이 모든 게 날 가리킨다고. 좋아요. 상황이 그렇게 보인다는 거 인정해요. 물론 내가 범인이라는 소리는 아니지만요."

"지금 나랑 말장난하자는 겁니까?"

"그런 거 아니에요. 하지만 형사님. 증거는 있나요?"

"……증거? 상황이 당신을……!"

"정황증거 말고요."

김지영이 덧붙이는 말에 송범준 형사가 입을 닫았다. 이에 김지영은 회심의 표정을 지었다.

"그럴 줄 알았어요."

물리적인 증거가 있다면 경찰이 김지영을 그냥 두고 볼 리 없다. 있는 게 정황증거뿐이니, 자신을 잡아들이지 못한 것이다.

"……어쨌든 나는 아니에요. 난 아니라고요."

김지영의 목소리가 잘게 떨렸다. 그리고 창백해진 얼굴로 말했다.

"날 범인으로 몰고 싶으면 증거라도 하나 가지고 오는 게 어때요? 물론 난 범인이 아니지만. ……어쨌든 별다른 게 없다면 그만 가겠어요. 내가 그리 한가하기만 한 사람은 아니어서요."

김지영은 마치 어딘가에 중요한 무언가를 놓고 온 사람처럼 다급하게 수사실 문을 열고 뛰쳐나갔다.

박명자는 딸과 수사실을 난처한 얼굴로 번갈아 보더니 김지영을 쫓아나갔다.

**

박명자와 김지영의 취조 영상까지 살핀 후, 정석화는 송범준 형사가 범인을 확신하고 있다고 느꼈다.

"그럼 김지영이 범인일까요?"

"지금 상황에서는 가장 유력한 인물이긴 합니다."

"하긴……, 상황이 이리 뚜렷하기도 쉽지 않죠."

"물론 그렇기도 하지만, 상황이 뚜렷지 않더라도 그 여자를 범인이라 의심할 여지는 큽니다. 저도 나름 사람 많이 만나본 사람인데, 그녀만큼 강박적이면서도 통제가 강한 여자를 본 적이 없으니까요."

송범준 형사는 김지영을 용의선상에서 제외할 수 없었다.

"그 짧은 순간, 저를 떠보고 물리적 증거가 없음을 확신한 여자예요. 게다가 아무리 미워도 부모인데, 김지훈과 달리 김지영은 동요하는 모습이 그리 크지 않아요. 그리고 정확성과 판단력, 둘 다 갖춘 이들은 이성적이죠. 과도하게……."

불타지 않은

김지영의 성향을 평가하는 송범준 형사의 눈이 검게 빛났다.

그때, 김영환이 끼어들었다.

"확실히 다른 사람과는 다르긴 하네요. 하지만, 그녀가 정말 범인일까요? 무엇보다 그녀는 사건 발생 당시 현장에 없었잖아요."

함께 근무하는 소방관들의 증언과 신고 기록 보존을 위한 녹취 중에 있었으니, 알리바이를 위조했을 가능성도 없다.

한편, 김영환의 지적이 적절했는지 송범준 형사가 골치 아프다는 표정을 지었다.

"그리 따지면 수상한 사람은 아무도 없습니다."

CCTV를 보면 화재 당시 아파트에 수상한 사람은 드나들지 않았다. 다른 층에 거주하는 이들은 4층 근처에도 가지 않았고, 퇴근 시간에 미치지 못했기 때문에 위아래 층의 거주자들 역시 집에 있지 않았다.

"그렇다면 의심할 이들은 그 층에 사는 사람들뿐이죠. 그들이라면 발화 지점에 얼마든지 쉽게 접근할 수 있으니까. 자신의 알리바이를 위해 시간을 두고 방화를 저질렀을 가능성도 있고."

"당신 말도 맞아요. 하지만 시너를 뿌리고 불을 질렀잖아요. 알리바이를 위해 시간을 번다는 건 불가능해요. 차라리 방화범이 CCTV를 조작해 흔적을 지웠다고 보는 게 낫죠."

송범준 형사 역시 CCTV의 조작을 의심한 적이 있다. 하지만 조작 확률은 일말의 여지도 없었다.

"그런 흔적은 전혀 없었습니다. 게다가 그 뒤 김지영이 무슨 말을 했는지 김지훈이 절대 수사에 협조하지 않겠다고 했어요."

이렇다 보니 송범준 형사는 김지영을 더더욱 의심할 수밖에 없었다.

"이렇게 조사했는데도 물적 증거가 나오지 않는다는 게 좀 걸리지만요."

"401호 이혁재 씨도 구린 게 많습니다."

"구리다뇨? 어떤 부분이 말입니까?"

"403호와 404호 매입 의사를 밝혔다고 하는 부분이요."

"그게 왜요? 이참에 좀 싸게 사서 월세라도 받으려는 모양이던데요."

내부 물건까지는 보상이 되지 않더라도 아파트 내부의 화재 보험이 있으니 보상이야 이루어질 것이다. 나름의 계산속으로 401호 이혁재가 매매 의사를 밝혔다는 점이 이해하지 못할 정도는 아니라는 게 송범준 형사의 생각이었다.

하지만 정석화는 생각이 달랐다.

아무리 이혁재가 의사이고, 바른 아파트 가격대가 그리 높지 않다지만 집을 두 채나 매매하려면 제법 많은 자금이 소요된다. 게다가 현재는 자신이 거주하던 세대도 화재로 인해 피해를 입었다.

만일 그가 이혁재와 같은 상황이었다면 언제 리모델링이 될지 모를 아파트를 구입하느니 다른 동네로 이사 갈 터다. 만일 동네, 혹은 바른 아파트에 정이 들어 살던 곳을 떠나고 싶지 않은 마음이라면 다른 세대를 구입하면 된다. 무슨 방법을 사용

불타지 않은

하든지 간에, 화재로 전소된 세대를 구입하는 것보다야 좋은 방법이다. 게다가 이상한 것은 또 있었다.

"어머니를 찾으러 불길에 들어가려던 효자가 화마에 자신의 어머니를 잃고도 가까운 데에 집을 산다니, 이상해서요."

듣고 보니, 송범준 형사도 이상하다는 생각이 들었다.

효자 중의 효자라면 어머니를 잃은 슬픔에 아무것도 하지 못해야 했다. 게다가 의대를 갈 정도로 머리가 좋은 남자에게 판단력이 없을 리 없다.

그렇다면 결론은 하나다.

"김지영이 워낙에 의심스러워서 이혁재에 대해 그리 깊게 생각해보지 않았지만, 확실히 수상하군요."

의심을 느낀 송범준 형사가 동료 형사에게 연락했다. 그리고 며칠 뒤, 4층에 얽힌 소문의 원인을 알게 되었다.

숨겨진 이야기

　조사 결과가 나왔다는 소리에 찾아온 정석화에게, 송범준 형사가 대뜸 말했다.

　"이혁재 이 인간, 혹시 삼재인가? 노모 김귀자 씨가 화재로 사망한 것도 불행한 일인데, 이 양반은 불행의 별에서 태어난 모양이에요."

　뜬금없는 동정에 이유를 묻자, 송범준 형사가 이유를 늘어놓았다.

　"아, 왜긴 왜겠어요. 화재로 집 타……, 마누라는 가출해서 홀아비 돼. 마누라가 가출한 비슷한 시기에 아버지는 심장마비로 즉사한 것도 부족해서, 애 키워주던 엄마는 화재로 죽고 없고. 박복하지. ……뭐, 엄마 잘못 만난 것도 한몫했지만서도."

　"엄마를 잘못 만나요?"

　되묻는 정석화에게, 송범준 형사가 사망한 김귀자의 생전에 대해 설명했다.

　김귀자는 1960년대 시장통에서 일수를 찍으며 돈을 벌었다. 그녀의 남편이자 이혁재의 아버지는 도배와 장판 교체하는 일을 했는데, 김귀자는 자신이 번 돈으로 아파트를 사서 일을 맡겼다. 그렇게 재산을 불렸다.

경찰은 수소문 끝에 김귀자의 친척과 지인을 찾았다. 그들의 증언을 따르면 김귀자는 남편이 꼼짝도 못 할 정도로 대가 셌다고 했다. 하나뿐인 아들의 결혼에도 반대가 심했다.

"이혁재는 의사가 될 정도로 공부를 잘했지만 사실 학창 시절 인성이 그리 좋은 놈은 아니었던 모양입니다. 생활기록부를 보면 몹시 폭력적인 학생이었다는 내용도 있고, 성인이 된 이후에는 자제를 좀 한 것도 같지만, 술집 나가요 출신이랑 애가 생겨서 결혼한 걸 보면 꼭 그런 것 같진 않아요."

이혁재와 전 부인 송아희의 사이는 나쁘지 않았다고 하더라도 시어머니인 김귀자 마음에는 차지 않았을 것이다.

"뭐, 이해는 갑니다. 술집에서 일한 적 있는 며느리를 좋아할 시어머니가 어딨겠습니까."

송아희의 임신으로 마지못해 허락한 결혼이다. 아들의 결혼 후에도 김귀자와 며느리 송아희 사이의 갈등은 심했다.

"전 부인이라고 해야 할지 실종자라고 해야 할지는 모르지만, 어쨌든 말을 하자면, 이름은 송아희. 이혁재와는 나이 차이가 꽤 나는 여자예요."

띠동갑이라는 단어에 옆에 있던 김영환은 보고서를 펼치는 대신 부러움을 표했다.

"캬……! 의사 선생이라 그런지 선택이 아주 현명하시네. 도둑놈 심보기는 해도 남자가 보기에는 용자네. 용자야."

우스갯소리를 늘어놓는 김영환을 무시하고, 송범준 형사가 설명을 이어갔다.

"송아희는 벌써 3년째 실종 중입니다."

"실종이라고요?"

"뭐……, 말만 거창하게 실종이지. 그냥 가출한 거죠, 뭐."

고부갈등이 계속되자 이혁재와 전 부인 사이의 갈등도 갈수록 커졌고, 가출로 이어진 것 같다고 했다.

"나이 차이가 나는 결혼이니, 이혁재 입장에서도 손해 볼 게 없을 것 같기도 하고요. 애도 있고 해서 나름 괜찮았던 모양인데, 김귀자 씨 성격이 좀 그랬던 모양이에요."

물론 장례식장에 온 이혁재의 친인척들 사이에서도 송아희의 평판이 좋지는 않았다. 그럼에도 송아희보다 김귀자에 관한 더 안 좋은 말들이 많았다.

"아이를 낳은 송아희를 김귀자가 모질게 대한 모양이더라구요. ……아무래도 천벌을 받은 것 같다고."

이혁재와 송아희의 시작은 그리 깔끔하지는 않았다. 그래도 주변 이야기를 들어보면 이혁재가 아이를 좋아해서 송아희와는 나름 원만한 관계를 유지했던 것 같다. 시어머니인 김귀자는 아니었지만.

김귀자는 송아희가 성에 차지 않았고 김귀자는 아들 내외를 끝내 갈라놓고 만 셈이었다.

어쨌든 김귀자의 갑작스러운 사망은 동정조차 받지 못하는 분위기였다. 송범준 형사는 그런 장례식장은 또 처음이라며 볼

불타지 않은

멘소리를 했다.

"모르긴 해도, 이혁재도 그리 슬프지만은 않았을 걸요?"

"그건 또 무슨 소립니까?"

"죽은 김귀자 씨 말입니다. 성격이 모난 사람인 줄은 알았지만, 어지간한 사람이 아니더군요. 손주한테도 또 그리 모질었던 모양이에요. 이혁재의 부인이 실종된 후 그 여자가 손주인 이혁 군을 키운 모양인데, 아이한테도 그리 막말을 했더랍니다."

김귀자의 장례식장에 온 사람들에게 귀동냥으로 들은 바에 의하면, 손주에 대한 김귀자의 폭언은 드러난 것 외에도 무시무시했다.

"다행히 폭력에는 노출되지 않은 모양이지만, 애가 조금만 잘못해도 지 에미년을 닮아서, 라는 말을 달고 살았대요."

송범준 형사의 표현에 김영환이 미간을 찌푸리며 물은 것은 당연한 수순이었다.

"겨우 다섯 살짜리 애잖아요?"

"어린 며느리 들볶은 건 생각 안 하고, 요즘 젊은 것들이 이런다며 며느리에 대한 화를 손주에게 푼 사람이에요. 그런 양반인데, 애 나이 따져가며 화풀이하겠어요?"

그 말에, 김영환은 할 말을 잃었다.

"어쨌든 그런 할미도, 할미라고 장례식장에서 이제 할무니 못 보는 거냐고 막 그러는데, 내가 아주……."

정석화는 말을 잇지는 못했지만, 송범준 형사의 심정이 어땠을지는 대강이나마 짐작이 갔다.

"그럼, 이혁재 씨도 모친에 대한 살해 의도를 가질 만한 상황이었다는 거군요?"

"그런 거죠. 친인척들의 표현을 빌리면, 혁재가 큰소리를 안 내서 그렇지 마음이 오죽했겠나, 였습니다."

큰소리만 오가지 않았을 뿐, 모자간의 분위기는 좋지 않았으리라. 정석화는 둘 사이의 관계를 어렵지 않게 짐작할 수 있었다. 이는 김영환 역시 마찬가지인 듯했다.

"흥. 그래 봐야, 그 의사도 병신이지. 이미 집 나간 마누라는 그렇다 쳐도, 새끼한데까지 그러는데 가만히 있었다는 게 말이 돼?"

"뭐……, 이해하지 못할 정도는 아니지 않나?"

전 부인 송아희가 아이를 두고 나간 이상, 아들을 돌봐줄 사람은 모친뿐이었을 터. 관계가 틀어지면 아들을 돌보는 게 더 힘들어질 수도 있었다. 미혼남인 정석화는 겪어보지 못한 바에 대해 할 말이 없었다.

"아니. 애초에 지 마누라랑 엄마 사이에서 제대로 중재를 해야 하는 거 아니냐고."

김영환이 시근덕거리는 사이, 정석화는 조용히 입을 닫는 것을 택했다. 하지만 그것도 송범준 형사가 어떤 사실을 말하기 전까지였다.

"그건 맞는 말입니다. 하지만 이혁재가 중재하지 않았을 것 같지는 않네요."

"그걸 형사님이 어떻게 압니까?"

불타지 않은

"고부갈등 때문에 경찰이 오갈 정도라서 말입니다."

놀란 정석화가 되물었다.

"그 정도였다는 말입니까?"

"예. 파출소 기록을 보니까, 아주 가관이더라고요."

송범준 형사가 혀를 차며 한 편의 보고서를 내밀었다. 정석화가 사는 동네의 관할 파출소에서 작성한 보고서였다.

이를 받아든 정석화가 보고서를 살폈다. 그리고 되물을 수밖에 없었다.

"저, 전치 6주?!"

"네. 죽은 사람한테 함부로 말하고 싶지는 않지만, 성격이 보통은 아니었던 모양이에요. 아무리 마음에 들지 않는다고 며느리 팔까지 부러뜨린 걸 보면……."

옆집 노인네의 만행에 정석화의 입이 벌어졌다.

"신고자가 이혁재였는데, 아무리 모질어도 자기 모친 아닙니까. 신고는 했어도 고소까지 가지는 않았더군요. 뭐……, 고소를 하게 둘 수는 없었겠죠."

"그렇긴 했겠죠."

정석화가 조용히 긍정했다. 하지만 그것도 잠시, 그가 입을 열었다. 새로운 가설이 떠올랐다.

"그럼, 혹시 이혁재의 전 부인이 범인일 가능성은 없을까요?"

"송아희 씨, 말입니까?"

"네."

"물론 저도 그리 생각해보지 않은 건 아닙니다."

실제로, 송범준 형사는 송아희라는 인물에 대해 인지하고 고부갈등으로 인해 방화를 저질렀을 수도 있다고 생각했다. 그래서 조사도 했다. 하지만…….

"송아희를 방화범으로 의심했던 저는, 그녀의 기록을 찾으려 했습니다. 하지만 남편과 시어머니가 지긋지긋했기 때문인지 카드 한 번을 안 쓰더라고요. CCTV에라도 찍혔다면 모르지만, 그런 것도 아니라 아직 찾는 중입니다."

"그럼 송아희의 부모나 형제는요? 그들에게나마 행적을 물을 수 있지 않나요?"

"……그게 말입니다. 송아희 씨는 고아원 출신이라서요."

"아……. 그럼 죽은 김귀자 씨가 며느리에게 그리 모질게 대한 건……."

"고아 출신이라는 것 때문이겠죠. 뭐……. 이해는 압니다. 아무리 직업에는 귀천이 없다지만 자신의 귀한 의사 아들이 고아 출신에 룸살롱에서 일하던 여자라는 걸 좋아할 부모가 어디에 있겠어요."

"뭐……."

"아이를 가진 것도 이혁재가 그 여자 단골이 되면서 주기적으로 2차를 가면서 얻게 된 모양이던데……, 그러니까 김귀자 씨 입장에서 손주는 내 잘난 아들이 뒷구녕에서 여자나 사서 안고 다녔다는 일종의 증거였던 셈이죠."

신랄한 표현에 정석화가 뭐라 대꾸하지 못했다.

"죽은 김귀자도 너무하지만 이혁재 전 부인이라는 여자도 참……."

"요즘 여자애들 참 무섭다니까……."

"하긴. 나도 요즘 취재하다 보면 가관도 아닌 애들이 많긴 하더라고요."

김영환이 송범준 형사의 의견에 가세하며, 둘은 형사미성년자와 청소년 범죄 등의 민감한 주제에 대해 대화를 나누었다.

"뭐, 그래 봐야 집 나간 여자를 원망할 수는 없지 않을까요? 이전 상황이야 어찌 되었든 간에 어린 여자 데리고 살면서 고부갈등도 제대로 감싸주지 못하는 놈을 누가 이해하고 살아 주겠어?"

"그건 그렇죠."

그 사이에서 정석화는 이혁재의 전 부인 나이를 떠올렸다.

어린 그녀가 쉽게 돈을 벌 수 있는 유혹에 빠졌다면 이혁재는 보듬어야 했던 게 아닐까. 룸살롱에서 어린 여자를 만나 욕구를 풀 것이 아니라.

정석화가 괜한 감상에 빠져드는 사이, 송범준 형사와 김영환의 대화는 원래의 것으로 돌아왔다.

"어쨌든 제가 잠시 갔던 장례식장에서만 봐도, 이혁재가 자신의 모친에게 좋은 마음만 있었을 것 같지는 않더군요."

"눈에 띄는 반목은 없다고 해서 사이가 좋다는 말은 아니니까요."

정석화는 이혁재가 배우자에게 어떤 사람이었는지 모른다.

하지만 그가 본 이혁재는 아들 혁이와 정상적인 부자 관계를 구축한 것으로 보였다. 송범준 형사의 말을 들어봐도 그렇다.

죽은 김귀자에 대한 비난은 있어도, 이혁재에 대한 여론은 동정적인 것을 고려하면 이혁재는 자신의 아들을 제법 아끼는 게 분명했다. 비록 전 부인과의 시작은 기형적인 형태였지만, 피는 물보다 진하다고들 하니까.

"어찌 됐든, 송아희를 찾아 알리바이를 확인해 볼 필요가 있습니다."

송범준 형사의 말에 정석화가 조용히 고개를 끄덕였다. 그때, 김영환이 송범준 형사에게 권유했다.

"그럼 형사님은 송아희 씨를 파 보는 게 좋겠습니다. 아파트 주민들에 대해서는 제가 취재용 인터뷰를 하며 같이 알아봐 드리지요."

자신의 일을 다른 이에게 떠넘기는 것 같은 느낌에, 송범준 형사는 다소 찜찜함을 느꼈다. 하지만 그럼에도 거절의 말을 뱉지는 않았다. 요즘 몸이 몇 개라도 부족했다.

404호 김지훈은 아직 진술조차 이루어지지 않았다. 산책로 방화 피해자인 김정희도 마찬가지였다. 게다가 소방당국에서는 공문이 내려왔다. 바른 아파트 방화 현장 조사 결과가 나왔다는 내용이었다.

"그래도 괜찮겠습니까?"

"기사를 독점으로 작성하기 위해 필요한 과정이니까요. 무료 봉사를 하는 것도 아니고요."

불타지 않은

맨 처음 서로의 협조를 공모한 기억을 상기시키는 말이었다.

송범준 형사가 피식, 하고 웃었다.

"굳이 다시 말해주지 않아도 압니다. 적어도 제 선에서는 김영환 씨한테 특종이 될 만한 기사를 제공할 겁니다."

"범인을 검거하고 나면 말이죠?"

송범준 형사가 고개를 끄덕이자, 둘 사이의 기묘한 줄다리기도 끝났다.

김영환은 제법 만족한 기색이었다.

"그러니 석화와 전, 이만 일어나겠습니다. 약속이 있거든요."

처음 들어보는 약속에, 둘 사이의 기 싸움에 침묵을 유지하던 정석화가 입을 열었다.

"내가?"

"어. 그때, 회식했던 네 이웃 주민 형님들하고 관리소장님, 오늘 만나기로 했거든. 물론 너도."

"지금?"

"……어."

자신도 모르는 사이에 만들어진 자리에 참석하게 된 정석화가 김영환에게 불쾌감을 표했다.

"내 약속을 왜 네 맘대로 결정해?"

"거, 참. 어차피 너도 궁금한 거 아니었어?"

"그렇지만……!"

"그럼 그냥 참석하면 되는 거지."

낯 두꺼운 김영환의 태도에, 정석화는 흰 눈으로 그를 쳐다봤다. 김영환은 모른 척 정석화를 잡아끌었다. 송범준 형사와의 인사도 잊지 않았다.

모임의 장소는 동네의 한 식당이었는데, 704호 박 씨와 501호 석 씨, 그리고 아파트 관리소장이 그곳에 먼저 나와 있었다.

"많이 기다리셨습니까, 형님들? 저희가 좀 빨리 왔어야 했는데 말입니다."

김영환의 말에 704호 박 씨와 관리소장, 그리고 501호 석 씨가 돌아가며 말했다.

"기다리긴 무얼. 우린 동네니까, 그런 거지."

"저희 아파트에 있었던 일에 대해 애쓰느라 그러신 건데요, 뭘."

"그렇지. 소장님 말이 맞네!"

김영환을 비롯한 세 사람이 인사를 나누는 모습은 제법 익숙했다. 정석화는 아파트 주민인 자신보다 이웃들과 더 친해 보이는 친구의 모습을 얼떨떨하게 바라봤다. 그때, 친구의 시선을 눈치챈 김영환이 정석화에게 눈짓했다.

그가 보낸 눈짓의 의미는 뻔했다. 기자를 그만둬도 이 짓을 할 줄이야. 한탄하는 것도 잠시, 정석화는 금세 사교적인 얼굴이 되어 이웃들과 인사했다.

"오랜만에 뵙습니다. 아, 근데. 저 좀 섭섭합니다. 여기 계신 분들 이웃은 전데, 저보다 이 친구와 더 친하게 지내는 것 같습니다."

저번과는 다른 유들유들한 말투에 모임의 분위기가 부드러

불타지 않은

웠다.

"아, 그거야, 그때 소설가 양반 기분이 영, 거시기 해서 그런
거지 뭐."

"하하. 제가 그땐 좀 그랬죠? 범인으로 몰리다 보니, 영 기분
이 나빠서요. 그냥 어린놈 객기였다, 생각하고 너그럽게 잊어
주십쇼. 그리고 동생이다, 생각하고 편하게 석화야, 하고 불러
주시고요."

"아, 당연히 그래야지! 그리고 그런 상황에서는 다 그럴 수
있지. 안 그래?"

모임의 대장 격인 704호 박 씨가 하는 말에 501호 석 씨가
호탕하게 웃었다.

"아, 그럼요. 그 상황에서 웃고 있는 놈이 팔푼이지."

그 사이에서, 김영환이 술을 시켰다.

부드러워진 분위기에 알코올이 들어가자, 자리에 모인 사람
들은 금세 호형호제하며 대화를 이끌었다. 아파트 주민들이 모
인 만큼 그들이 나누는 대화의 주제는 단연 4층의 화재였다.

"그러나저러나, 범인은 대체 언제 잡히는 거여?"

"글쎄 말입니다."

김영환이 답지 않게 말을 아꼈다. 그 모습에 아파트 주민들
과 관리소장은 더욱 애가 달은 눈치였다.

"아, 그래도 영환이는 경찰청을 오가는 기자라면서. 오가는
상황이 어떤지 정도는 알 것 아닌감?"

"그러지 말고 말 좀 풀어 봐."

"궁금해 죽겠고만."

사람들의 물음에도 김영환이 정보를 내놓지 않자, 사람들의 관심은 정석화에게까지 쏠렸다.

"석화, 자네도 그래. 전직 기자에, 글쟁이잉깨 뭘 알아도 알 것지."

"범인으로 지목당한 적 있는 놈인데, 제가 아는 게 뭐, 있겠습니까."

"거, 참. 우리가 요로코롬 나이 먹었다고, 아무것도 모르는 게 아녀. 척, 하면 척이지."

501호 석 씨의 말에, 김영환이 난처한 듯 웃었다.

"그게 말입니다. 대외비라서요."

난처한 듯 웃는 김영환의 모습에서 어떠한 여지를 발견한 주민들은 김영환을 살살 구슬렸다.

"아, 우리가 얼마나 입이 무거운데. 안 그래요, 형님?"

"당연하지."

김영환은 어차피 말할 심산이었음에도 망설이는 척했다. 그러자 관리소장도 가세했다.

"그러지 말고, 말 좀 해봐요. 바른 아파트 주민들 사이에서 내가 얼마나 난처한지, 원……."

그러자, 김영환이 못 이기는 척 약간의 정보를 풀었다. 그 안에는 산책로 화재 피해자인 김정희의 알리바이에 관한 것도 있었고, 김지훈의 비협조성에 관한 흉도 있었다. 물론 이혁재에 관한 것도 있었다.

불타지 않은

"4층 주민들 중 가장 수상한 사람이 404호 아가씨였습니다. 사실, 여자 소방관이 흔하지는 않잖습니까."

"그렇지."

"알고 보니 401호 의사 선생도 영 수상한 구석이 있지 뭡니까. 그래서 보니까 그치가 화재로 다 탄 집을 사겠다고 했답니다."

"그게 뭔, 짓거리당가?"

"……혹시 보상이 결정된 건가?"

주민들의 의아함을 푼 것은 관리소장이었다.

"아니요. 그런 말은 없었는데요."

관리소장의 부정에, 704호 박 씨와 501호 석 씨는 이해할 수 없다는 반응이었다.

"저도 그게 좀 의문이기는 했는데, 자기 마음이라는데 뭘 어쩌겠어요."

이혁재가 집을 사든 말든 김영환이 알 바는 아니다.

김영환이 대수롭지 않게 넘기자, 알코올이 들어가 평상시와는 달리 부드러워진 정석화가 소설가다운 가설을 세웠다.

"혹시 전 부인을 기다리는 건 아닐까요? 그래서 같이 살던 집을 다시 사는 걸지도 모르죠. 뭐……. 그렇게 따지면 부인의 실종 신고를 할 게 아니라 얌전히 기다리는 게 맞겠지만요."

"응? 실종 신고라니? ……누가?"

704호 박 씨의 뜬금없는 물음에 정석화가 멈칫했다. 하지만 그것도 잠시. 정석화가 대화의 흐름을 상기시켜주었다.

"누구냐니요? 401호 사는 그, 의사 부인 말입니다."

그때, 501호 석 씨가 놀란 듯 끼어들었다.

"뭐여? 이혼이 아니라 실종이었어?"

"놀랄 노(泙)자구먼. 난 죽은 노인네가 한 말이 있어서 꼼짝 없이 이혼해서 나갔는지 알았는데."

704호 박 씨의 말에, 정석화가 눈을 빛내며 물었다.

"형님. 근데 이혼이라니…… 주변에는 실종이 아니라 이혼으로 알려져 있었습니까?"

그러자 704호 박 씨가 당연한 것을 묻는다는 투로 말했다.

"아. 당연하지. 옛날같이 일부종사하던 세상도 아니고, 무슨 죄가 그리 많다고 도망을 가? 그리고 실종이라니…… 대체 어디서 어떤 일을 당했길래, 실종이래?"

"아이고, 앞으로 우리 딸도 조심허라고 해야 쓰것고만."

"그런 사람들이 살아나오면 다행인데, 꼭 마늘 공장이나 어디 섬 같은 데 팔렸다가 나중에는 장기가 여기저기 뜯겨 나가는 거 아녀."

"아, 그것도 나라가 헐렁해서 그러는 거라니까요. 정부에서 엄격하게 규제허면 그런 일이 왜 일어나? 그 집 여자처럼 그런 일이 왜 있나. 실종된 걸 어떻게 찾겠냐고."

501호 석 씨와 704호 박 씨가 안타까움을 표시하는 사이, 정석화는 이상함을 느꼈다. 그들의 대화에는 마늘 공장이나 섬 같은 도시 괴담 따위가 들어갔을 뿐. 송아희의 가출에 대한 것은 어디에도 없었다.

"그람시롱 세금은 왜 또 오르는지."

불타지 않은

"내 말이 그 말이라니까."

그들의 대화에 이상함을 느낀 것은 정석화뿐만이 아니었다. 김영환도 같은 생각이어서 말문을 열었다.

"저……, 형님들. 실종은 실종이라도 범죄와 연결된 건 아닙니다."

"뭐? 그게 아니면 뭔데?"

"보통 가출하면 실종 신고를 하곤 합니다. 5년이 지나면 자동 이혼이거든요."

"뭐?! ……그런 이유였단 말이야?"

"네."

김영환의 대답에 실종과 범죄에 연관을 두던 주민들이 민망한 얼굴을 했다.

정석화는 이를 모른 척하고 조용히 술잔을 기울였다.

501호 석 씨가 연신 구시렁거렸다.

"아따, 형님. 어떻게 된 거요. 이혼하면서 한밑천 뜯어갔다고 말한 건 형님 아니었소!"

"아니. 나는 그, 죽은 김씨 할매가 돈을 엄청 뜯어갔니, 어쩌니 해서 꼼짝없이 그런 줄만 알았지 뭐야."

"돈을 뜯기는 뭔 개뿔 뜯어먹는 소리래? 가출하면서 통장에 있는 돈 다 털어갔다는 건가?"

"그거야 나도 모르지, 뭐."

한편, 조용히 있던 관리소장이 동정을 표했다.

"어찌 됐든, 401호 의사 양반, 참 불쌍하네요. 이유야 어찌 됐든 그런 번듯한 직업 가진 사람치고는 나름대로 인간적인 사람인 것 같았는데……. 그, 죽은 노인네가 자기 아들이 봉사 활동도 하면서 산다고 얼마나 자랑했다고."

"이이고, 이 형님은 관리소장으로 이렇게 오래 있었는데도, 아직 진상을 덜 봤나 보오. 이렇게 사람 볼 줄을 몰라서야."

501호 석 씨의 말에, 관리소장이 발끈했다.

"무슨 소리! 내가 사람 한두 명 본 줄 압니까? 지금은 내가 이러고 있지만, 동네에서는 내가 한 눈썰미로 소문이 자자했어요."

"아이고, 됐네! 그런 양반이 몇 번 보지도 않은 사람이 직업에 사명감을 가졌네, 어쨌네 하나?"

"뭐야?!"

발끈한 관리소장이 자리에서 벌떡 일어났다.

김영환이 그 자리를 비집고 들어가, 그들을 말렸다.

"아, 형님들. 좋은 자리에서 왜 이러십니까?"

704호 박 씨도 가세했다.

"거 참. 별것도 아닌 일에 둘 다 왜 이러나."

"여기에서 이럴 게 아니라, 술 한 잔 더 할까요? 2차는 제가 쏘겠습니다. 이 앞에 새로 생긴 호프집 어떻습니까?"

정석화까지 가세하자, 일촉즉발일 것만 같던 분위기도 누그러들었다.

관리소장이 먼저 나서 사과했다. 자신이 근무하는 아파트 주민과의 마찰을 피하려는 듯한 기색이 역력한 모습에 501호 석씨 역시 머쓱한 표정을 했다.

불타지 않은

"아니, 나도 말이 좀 과했는걸요, 뭐."

"술이 들어가다 보면 다 그렇지요."

소강되는 모습에 정석화와 김영환이 안도의 한숨을 내쉬었다.

한편, 501호 석 씨가 앞서서 호프집으로 향했다.

이전에 노래방이었던 호프집은 공간이 분할되어 있었는데, 호프집의 특성상 술이 더 들어가자 다툼이 일어날 뻔했다는 것은 금방 잊혔다. 그 덕분에 정석화와 김영환은 4층에 대한 이야기를 더 쉽게 꺼낼 수 있었다.

"그럼 이번 화재에서 죽은 김귀자 씨가 며느리가 가출이 아니라 애도 버리고 이혼한 거라고 떠들고 다닌 거예요? 자기가 가출하게끔 몰아놓고는?"

"……그런 거지. 아, 나도 깜짝 놀랐다고. 가출이라니, 원. 노인네가 얼마나 들볶았으면 생때같은 아들을 두고 가출을 했겠어."

"애만 불쌍하지, 뭐."

704호 박 씨가 이혁재의 아들을 떠올리며 혀를 찼다. 그러자 관리소장이 이혁재에 대한 동정론을 내놓았다.

"애도 불쌍하지만, 그 의사 양반도 불쌍하지요. 어떤 상황에서도 아픈 사람을 두고 보지 못하는 사람인데 왜 그치한테만 세상이 그리 험한지, 원……."

"혹시, 이혁재 씨, 아니, 그 의사 양반을 압니까?"

정석화의 물음에, 관리소장이 한숨을 내쉬었다.

"무언가를 엄청 많이 아는 건 아니네. 다만 환자를 지나치지 못하는 사람이라는 건 알지."

듣자하니, 몇 년 전 동네를 떠들썩하게 만들었던 사연은 이랬다.

이혁새와 아내 송아희가 크게 싸우고 송아희가 실종된 날, 403호에 세를 살던 40대 여성이 복도에서 쓰러진 사건이 있었다. 심장마비로 갑작스럽게 의식을 잃은 여성을 이혁재가 가장 먼저 발견해 재빠르게 대처했고 즉사만은 막았다고 했다.

"몇 차례 수술한 적이 있을 정도로 심장이 좋지 않았던 모양인데, 그나마 옆집에 사는 이웃이 의사였던 게 운이 좋은 거였죠."

원체 건강이 좋지 않던 사람이라 의식 한 번 찾지 못하고 며칠 후 사망했지만 고인의 남편은 이에 대해 감사하는 마음을 가졌다는 말도 보탰다.

"감사할 수밖에 없는 게, 119를 부르고 환자 이송 차량을 기다리는 사이 부인이 집을 나간 모양이에요. 그렇게 헤어진 거죠."

이 사실을 알게 된 고인의 남편, 403호의 전 거주자는 이 때문에 감사하는 마음과 더불어 미안한 마음도 가지고 있다고 했다.

"이전에 403호에 살던 그 양반, 옆 동네에서 24시간 해장국집을 해서 가끔 얼굴 보거든. 그런데 아직도 나만 보면 그 얘기를 해요. 남의 부인 돕다가 자기 부인이 집 나간 것도 모를 정도였으니까. 얼마나 고맙고 미안하겠어. 그 의사 양반한테 좋은 마음 갖고 수시로 인사 하더라고요."

관리소장의 말에, 704호 박 씨의 얼굴에는 의아한 기색이 역력했다.

불타지 않은

"그 냉정해 보이는 양반이 그랬다고?

"그럼요. 고맙고, 미안하고……. 자기네가 그 의사 양반을 홀아비로 만들었다고, 그러지, 뭐."

"……엘리베이터에서 보면, 엄청 거만해 보이더만. 꼭 그렇지도 않은 모양이네."

501호 석 씨가 조용히 중얼거렸다.

그 사이에서 정석화와 김영환이 시선을 교환했다.

특히 김영환의 눈이 빛났다. 403호의 전 거주자라? 김영환에게 있어 그는 제법 구미가 당기는 취재 대상이다. 어쩌면 사건에 도움이 될 만한 정보를 가지고 있을지도 모르는.

김영환과 정석화는 당장에라도 403호 전 거주자가 한다는 해장국집으로 향하고 싶었으나, 자리가 파한 것은 새벽 3시를 훌쩍 넘긴 시간이었다.

일행은 기어이 호프집이 문을 닫는 시간까지 부어라, 마셔라 했다. 덕분에 목적을 가진 정석화와 김영환을 제외한 인원들은 전부 얼큰하게 취한 상황이었다. 할 수 없이 정석화와 김영환은, 다음날 이른 출근을 해야 한다는 관리소장은 아파트관리소 숙직실에, 704호 박 씨와 501호 석 씨는 각자의 집에 데려다주었다.

이렇다 보니, 정석화와 김영환 둘만 남은 시간은 새벽 5시가 다 되어서였다. 시간을 확인한 정석화는 김영환에게 물었다.

"어떻게 할래? 내 집에서 한숨 자고 갈래?"

하지만 김영환은 잠보다 해장을 선택했다. 정석화는 김영환의 말을 금세 이해했다. 기실 김영환이 원하고 있는 것은 해장국이 아니라 해장국집 사장임을 아는 까닭이다.

둘은 403호 전 거주자가 운영한다는 해장국집을 향했다. 옆 동네라고는 하나, 행정구역상의 구분일 뿐. 도보로 불과 5분 거리에 있는 곳이었다.

50평은 될 법한 식당에, 이른 새벽 시간임에도 불구하고 테이블 3분의 1이 손님으로 차 있었다. 새벽 시간이라는 점을 고려하면 손님이 제법 많은 편이었다.

403호 전 거주인은 여자 종업원 둘과 함께 식당에 있었다.

정석화와 김영환은 식당 대표 메뉴인 전주식 콩나물해장국을 두 개 시켰다. 10분여가 채 지나지 않아 음식이 나왔다. 운 좋게도 음식을 가지고 온 이는 사장인 403호 전 거주자였다.

김영환은 서빙을 완료하고 자리를 뜨려는 남자를 향해 입을 열었다.

"사장님, 혹시 바른 아파트에 살던 분 맞으세요?"

그 말에, 걸음을 멈춘 남자가 긍정을 표했다.

"그런데……, 누구세요?"

"아. 저는 이런 사람입니다. 여기 사장님 맞으시죠?"

김영환이 자신의 명함을 내밀었다. 그러자 명함을 받아든 403호 전 거주자인 유종민은 의아한 기색을 내비쳤다.

"……기자분이 왜?"

"몇 가지 물어볼 게 있어서 말입니다. 다소 실례될 수 있는 질문일지도 모르지만, 혹시 협조 가능하신가요?"

　　　　　불타지 않은

다소 실례되는 질문이라는 말에 유종민은 멈칫했다. 곧 고개를 끄덕였다.

"……뭡니까?"

"그……, 실례지만 당시 그곳에서 사모님과 사별하게 되셨죠?"

김영환의 거침없는 말투는 평상시와는 달리 조심스러웠다.

"그런데요."

"혹시……, 당시의 자세한 상황을 좀 들어볼 수 있을까요?"

유종민이 당시의 슬픔을 상기시킨 듯 입술을 앙다물었다. 하지만 곧 무언가를 눈치채고 입을 열었다.

"혹시 바른 아파트에서 발생한 화재 때문입니까?"

"그걸 어떻게!"

"내가 그 아파트에서 이사를 하긴 했어도, 인연이라는 건 참 거미줄 같아서 말입니다. 이 식당도 아파트와 가까워서 예전의 이웃사촌들이 자주 왕래를 하지요."

바른 아파트가 있는 청림동은 좁은 동네다. 게다가 유종민은 자신의 식당 손님들에게 알음알음 들은 바가 있었다.

"이전에 제가 살던 403호 소식은 들었습니다. 기자님은 그것 때문에 저를 찾아온 거겠죠."

"네."

김영환이 긍정을 표했다.

"뭐……, 제가 아파트를 떠난 지 몇 년 만에 발생한 화재와 제 부인이 그곳에서 죽었다는 게 무슨 상관인지는 모르겠지만,

말씀드리지 못할 건 없습니다. 이미 많은 시간이 지났으니까요."

유종민은 지난 시간 동안 부인에 대한 마음의 정리를 한 상태였는지, 당시의 상황을 비교적 담담하게 말해 주었다.

"그 사람이 숙은 건……, 하……. 심장 수술이 제대로 되지 않기 때문이었어요. 그날은 그 사람이 퇴원한 지 딱 3개월째였죠. 그리고는 딱 3일 살았습니다."

병원에 실려가 심장충격기를 사용해, 심장이 멈추는 건 막았지만 뇌졸중까지는 막을 수 없었다고 했다.

"……그래도 다행이었지요. 작별 인사를 할 기회라도 있어서……. 옆집 사는 의사 선생님이 빠르게 대처하지 않았으면 그마저도 힘들었을 겁니다. 감사한 일이죠."

애써 위안 삼는 유종민 앞에서, 그 어떤 말을 할 수 있을까. 이혁재에 대한 의심을 가진 정석화와 김영환은 차마 그 말을 꺼낼 수조차 없었다.

"당시 저는 그 사람을 제대로 신경 써 주지 못했습니다. 식당을 물려받느라. 부모님은 귀농을 원하셨어요. 그래서 식당을 다른 사람에게 권리금을 받고 팔까, 고민 중이셨죠. 그러던 찰나 생각난 게 아들인 저였죠."

당시 유종민은 부인을 돌보느라 병원 생활을 했다. 당연하지만 직장을 다닐 수는 없었다.

"그때 저는 그 사람이 수술을 마쳐서 재취업 자리를 알아보던 중이었는데, 생각만큼 쉽지 않았어요."

유종민은 요즘 같은 불경기에는 자신과 같은 경력자도 쉽게

불타지 않은

쓰지 않았다며 쓴웃음을 지었다.

 "사실 전 반대하는 결혼을 해서 부모님과 사이가 그리 좋지 않았어요. 부모님이 식당을 물려받으라는데 제 자존심에 거부했어요. 그 사이에서 부모님과 저를 조율해 준 게 그 사람이었어요. 사실 저희 어머니가, 그 사람한테 모진 행동 참 많이 했습니다. 그런데 뭐가 그리 좋다고……. 식당 일 배우는 저 따라서 하루도 빠짐없이 인사 왔습니다. 수술한 지 얼마 되지 않아서 일을 함께 배울 순 없었지만……. 착한 여자였어요."

 유종민은 한동안 말을 잇지 못했다. 담담하게 굴던 그는 잔뜩 붉어진 눈으로 물었다.

 "……그런데 어떤 부분을 기사에 쓰려는 겁니까?"

 "그……, 기사에 사용한다기보다는, 4층에 발생한 화재 때문에 주민분들이 4층에 얽힌 사연을 알려 주셔서요."

 김영환의 말에, 유종민이 아는 척을 했다.

 "아……. 4층 화재에 얽힌 사연. 뭐, 그런 거 취재하시나 보죠?"

 "……뭐, 그런 거죠."

 "이왕 써 주시는 거, 의사 선생님이 힘든 상황임에도 제 부인을 위해 힘써 주신 부분 좀 잘 써 주십쇼. 그 대신이라고 하기에는 소박하지만, 제가 밥값은 안 받겠습니다."

 "그러지 않으셔도……."

 김영환이 얼버무렸다. 이에 정석화도 끼어들어 거절했다.

 "정말 괜찮습니다. 이 친구도 402호 사는 저 때문에 겸사겸

숨겨진 이야기

189

사 취재 나온 거라, 마침 제가 사려고 했거든요."

기자 김영환에게 유종민은 취재 대상이다. 김영란법 때문이라도 밥을 얻어먹을 수는 없는 일이다. 간곡히 거절했거니와, 거절의 내용노 내용인지라 유종민도 다시 그 말을 뱉지는 않았다.

유종민의 관심은 정석화에게로 옮겨졌다.

"그럼 혹시 화재 사건이 발생한……."

"네……, 그렇죠."

그러자 유종민이 안타까움이 담긴 탄식을 뱉었다.

정석화는 402호의 피해가 그리 크지 않다는 사실을 밝힐 겨를도 없이, 그저 괜찮다는 말과 함께 소리 없이 웃으며 수저를 들었다.

"제가 밥을 앞에 둔 사람들 앞에서 궁상을 너무 떨었네요. 전일어나 보겠습니다. 식사 맛있게 하십쇼."

유종민이 자리를 뜬 후, 얼렁뚱땅 식사를 마친 정석화와 김영환은 식당을 나왔다.

어느새 아침이 됐다.

찝찝한 마음과는 달리 하늘은 맑았다. 김영환이 신문사를 들렀다가 경찰청에 가야 한다며 발걸음을 바삐 했고, 정석화는 집으로 향했다.

**

집에 도착한 정석화는 곧바로 침대로 쓰러져 잠이 들었다.

불타지 않은

그렇게 얼마나 지났을까. 정석화의 잠을 깨운 것은 한 통의 전화였다.

김영환이다.

잠에서 깬 정석화는 비몽사몽이었다. 하지만 그것도 잠시, 김영환이 내뱉은 말에 정신이 번쩍 들었다.

[소방당국에서 검사 결과를 보내왔는데, 403호 현장에 DNA가 남아 있었다는군.]

"DNA?! 어떻게?"

불은 많은 것을 앗아간다. 그렇다 보니 403호 현장에 DNA가 남아 있다는 것은 거의 불가능한 일이다. 그런데 DNA가 어떻게 남아 있을 수 있을까.

정석화의 물음에 김영환은 운이 좋았다고 했다.

"운이 좋다니?"

[범인은 불을 지르기 전 어떤 이유로 화장지를 사용하고 아무 데나 버렸어. 어차피 타서 없어질 테니, 자신의 흔적이 남을 거라는 생각은 못 한 거지. 하지만 문제가 생겼어. 모종의 이유로 자신의 DNA가 보존될 수밖에 없었던 거야.]

"DNA가 보존될 수밖에 없었다?"

[어. 양초 때문이라는군.]

"양초?!"

[어. 현장에 양초가 있었거든. 촛농이 그가 사용한 휴지에 떨어져 굳어서, 발견된 혈액에서 유전형질 일부를 찾았대. 화재로 인해 일부 손상이 있어서, 스물네 개의 염색체 중에서 발견

된 건 스무 개 남짓이지만 범인을 찾기에는 충분할 거야.]

정석화는 안도했다.

이유야 어찌 되었든 간에 범인을 잡을 수 있어 다행이었다.

[아직 대조할 만한 DNA는 없지만, 아마 얼마 지나지 않아 범인이 잡힐 거야. 손상된 상태라 범인을 잡더라도 증거로 채택되지 않을 수도 있겠지만 범인을 특정하는 데 도움은 되겠지.]

오랜 시간이 걸리지는 않을 것이다. DNA는 속일 수 없을 테니까.

수사 방향을 어느 정도 알고 있는 정석화는 경찰이 어떤 이들을 용의자로 추리고 있는지를 알 수밖에 없었다. 문제는 대조할 만한 DNA를 모으는 과정이다. DNA를 제공한다는 건 의심을 받고 있다는 뜻과 같기에.

"그럼 조만간 나나 다른 아파트 주민들을 포함해서 의심 가는 사람들의 DNA를 모으러 다니겠구나."

정석화의 어투에 불쾌감이 드러났다.

눈치 빠른 김영환은 이를 알았지만, 그렇다고 해서 탄로 날 게 뻔한 거짓말을 할 수는 없었다.

[그렇지…….]

정석화 역시 마지못해 대답한 김영환의 마음을 알았다. 수사의 진행 사항을 아는지라 경찰 측의 입장도 충분히 이해하고 있었다. 의심받는 상황은 달갑지 않지만, 그렇다고 해서 비협조적으로 나오는 건 좋지 않다.

친구인 김영환에게도 좋지 않았다. 그는 내심 송범준 형사와의 밀월 관계를 이어가고 싶어 하니까.

정석화는 마음을 비우자 오히려 최대한 협조하는 게 편하다는 생각이 들었다.

"그럼 내 꺼는 언제 가져가려나?"

[그냥 주려고?]

"어. 기분은 더럽지만, 니 얼굴도 있는데 얼굴 붉힐 필요도 없고……. 나도 계속 용의자 리스트에 있는 건 짜증 나니까."

불퉁한 말에서 우정을 느낀 김영환은 괜히 머쓱해 호들갑을 떤다.

[와……. 짜식!]

감동한 김영환의 태도에 정석화는 괜히 민망했다.

"야, 끊고……. 송범준 형사 만나면, 어차피 할 거, 차라리 후 다닥 하라고 해."

[알았어. 아, 참! 내일 404호 김지영 동생 김지훈이 진술하러 온다더라.]

비협조적이었던 김지훈의 협조가 의외라고 느낀 정석화가 물었다.

"그래? 웬일로?"

[모난 돌이 제일 먼저 정 맞는 법이니까. 진술하러 오라는 전화를 걸었던 형사가 DNA도 필요하고, 어쩌고 하면서 쥐락펴락했던 모양이야. 똑똑하고 혈기왕성한 놈이기는 해도 어리니까. 그게 먹힌 모양이더라고.]

김영환은 김지훈의 진술 후 김지훈의 DNA를 채취할 예정이라는 것도 알렸다.

[궁금하고 시간 되면 구경 오던지.]

"구경이라니? 나 같은 일반인이 경찰과 친하면 되겠어? 너 같은 놈이면 모를까."

[너 같은 놈이라니. 거, 말 하고는…….]

"경찰청에서 나오는 소스로 기사 쓰는 놈이라는 건데. 내가 뭐……."

[아니, 그래도 영…….]

왠지 모를 찜찜함에 긴영한이 연신 구시렁거렸다.

[어쨌든 와. 어차피 DNA도 내야 할 테고, 노총각이 집에 있어 봐야 뭐해? 너 마감 끝난 거 다 아니까, 이리 와서 같이 밥이나 먹어. 밥은 내가 산다.]

마침 한가하던 찰나, 밥까지 사 준다는 말에 정석화는 김영환의 권유를 받아들였다.

"……그럼 그럴까?"

가벼운 마음으로 나섰기 때문일까. 시간은 금방 갔다.

정석화가 경찰청에 도착했을 때, 김지훈은 이미 신문을 받고 있었다.

DNA의 행방

"김지훈 씨. 사건 발생 당시 당신이 직장에 있었다고 했나요? 아직 대학생 아니었나요?"

"물론 얼마 전까지 의대생이기는 했죠. 하지만 난 아직 대학을 졸업하지 않았죠. 아니, 못했다고 해야 하나. 내가 또래 애들처럼 팔자 좋게 놀면서 학교 다닐 팔자는 아니어서요."

"아르바이트 중이었다는 말입니까?"

"아르바이트가 아니라 직장이에요. 당신들, 월급 줘야 한다고, 꼬박꼬박 세금도 내고요."

김지훈의 태도는 불손했지만, 대답은 막힘이 없었다. 이 때문인지 송범준 형사의 표정은 좋지 않아도 화를 내지는 못했다. 하지만 그렇다 해서 한참이나 어린 건방진 놈을 그냥 두고 보자니 자존심이 상했다.

"혹시 내가 의심스러워서 그러는 거면 알리바이를 확인해 봐도 돼요. 나는 사건 발생 시간 두 시간 전에 이미 집을 나섰으니까요. 아! 당신들은 그런 거 상관없으려나?"

송범준 형사와 함께 신문 중인 형사가 참지 못하고 입을 열었다.

"이 어린노무 새끼가!"

"야! 강 형사!"

"이거 놔 주십쇼, 선배님!"

"아니면 마는 거지. 뭐 그렇게 발끈하고 그래? 민중의 지팡이 주제에 하는 것도 없으면서."

김지훈의 시선이 구석에 있던 한 경찰관을 향했다. 경찰관은 책을 펼쳐 놓고 인터넷 강의를 듣고 있었고, 모두의 시선이 얽혔다.

"흥. 나라에 돈이 부족한 게 아니고, 도둑놈이 많다더니. 그걸 이렇게 목격하는구만."

김지훈의 비꼬는 말에 누군가가 헛기침을 뱉었다.

한편 불손한 답변에 동행했던 형사가 참지 못하고 일어났다.

"뭐? 이 새끼가 진짜!"

송범준 형사가 김지훈의 멱살을 잡으려는 동료 형사를 말렸다.

"좀 쉬었다 가겠습니다."

동료를 잡아끌며 나가는 송범준 형사가 휴식을 말하자, 김지훈이 얄미운 표정으로 어깨를 으쓱거렸다.

"그러든지요. 아. 내 알리바이 말인데요. 형사님들, 우리 아파트 CCTV 확인했습니까? 내가 4층 살기는 해도, 한 살 한 살 먹어갈수록 관절이 쑤셔서 엘리베이터 타고 다녀요. 그거 확인해 보시면 쉬울 걸요?"

불타지 않은

옆에서 지켜보는 정석화도 이토록 얄미운데, 당사자는 오죽할까. 오가며 보던 모습과는 전혀 다른 모습에 정석화는 아연실색했다.

"사람은 겉만 봐서는 모른다더니……."

묵묵히 오가는 모습과 소문으로는 '명문대를 다니는 무뚝뚝한 샌님'인데 이제 보니 정반대다. 이런 이유로 신문은 본의 아니게 휴식기를 가졌다.

그 사이 송범준 형사는 경찰청에 방문한 정석화와 짧게 인사를 나누고, 동료인 강 형사의 분노를 진정시켰다. 일반 시민과 싸워 봐야 너만 손해. 조금만 참아라, 하면서.

동료 형사가 진정한 기색을 보이자, 송범준 형사는 그에게 김지훈의 알리바이 확인을 지시하고 경찰청을 나섰다.

그 모습을 이상하게 느낀 김영환이 물었다.

"어디 가십니까?"

"병원이요."

"병원? 어디 아픕니까?"

정석화의 물음에 송범준 형사가 고개를 저었다.

"김정희의 상태가 좋아졌다고 해서요."

진술을 듣기 위해 간다는 말에 정석화가 조용히 탄식했다. 이미 김정희의 결백이 밝혀진 마당에 몸도 성치 않은 김정희의 진술이 굳이 필요할까 싶어서였다.

정석화의 속내를 들여다본 듯이 송범준 형사는 동행을 권유했다.

"원래는 제가 가서는 안 되는 일 아닙니까?"

"원칙상으로는 그렇지만, 그다지 상관은 없습니다. 어차피 김정희 씨와 정석화 씨에 대한 알리바이는 확실하니까요. 그리고 그래야 성석화 씨노, 심성희 씨도 안심하실 거 아닙니까."

"……그런 생각은 아니었습니다."

"그리 생각하셔도 괜찮습니다. 정석화 씨는 사건에 많은 도움을 주기도 했으니까요."

민망함도 잠시, 정석화는 '도움'이라는 단어에 주목했다.

"도움… 이라니요?"

"네. 김 기자님한테 들었습니다. 정석화 씨가 아니었다면 기자님이 주민들과 그리 친해질 수 없었을 테고, 진술에서 나오지 않은 이야기들은 알 수 없었을 겁니다."

송범준 형사가 사건의 실마리를 얻은 공을 돌리자 정석화가 고개를 저었다.

"그건 영환이가 친화력을 발휘해서 그런 거뿐인데……."

정석화가 머리를 긁적이며 답하자, 송범준 형사가 고개를 저었다.

"정석화 씨가 실마리를 던져주지 않았다면, 4층 가족들 사이에 얽힌 관계는 파악하지 못했겠죠."

우리나라 국민들은 대체로 기자와 경찰을 어려워하는 부분이 있다. 송범준 형사는 이 점을 잘 알고 있었다.

한편, 정석화는 자신의 얼굴에 금칠을 하는 송범준 형사의 행동이 민망했다. 기실 정석화는 비사교적인 행동으로 수사에

불타지 않은

도 비협조적인 바가 있고, 그는 이 점을 아주 잘 알고 있었다.

"그리 좋은 의도만 가지고 협조한 건 아닙니다. 영환이가 아니었다면 전 이리 협조적으로 행동하지는 않았을 겁니다."

"그리 따지면 저도 그리 사교적이지는 않습니다. 그리고 정석화 씨 덕에 주민들이 협조적인 걸요. 그것만으로도 감사하지요. 물론 정석화 씨가 앞으로도 몹시 선한 의도로 저희 쪽에 협조적인 정보를 제공할 거라 믿고요."

송범준 형사의 말에 완전히 사라지지는 않은 껄끄러운 분위기가 해소되는 것을 느꼈다.

"이거……. 제가 협조하고 싶지 않아도 협조할 수밖에 없게 만드는군요."

장난스러운 대꾸에 송범준 형사 역시 웃었다.

"이거 들켰군요."

정석화는 동행하겠다는 뜻을 밝혔다. 동시에 이웃들을 통해 김정희의 주변인을 수소문 해보기로 했다.

김영환 역시 동행했다. 김정희가 진술하는 과정을 취재하기 위함이다. 단, 김영환은 진술하는 현장에 직접 들어가지는 않기로 했다. 혹시나 있을 뒷말을 방지하기 위함이다.

기자라는 직업을 가진 김영환은 자신이 진술을 참관하는 것이 결코 좋은 모양새가 아니라는 것을 알았다. 때문에 진술에 직접 참관하지 못한다고 반발하지는 않았다. 물론 그 이유에는 정석화가 진술 현장을 참관해, 자세히 알려주겠다고 한 것도 한몫을 했을 터다.

간단히 합의를 이루어낸 셋과, 송범준 형사의 동료 형사 한 명까지. 총 네 명은 김정희가 입원한 병원으로 향했다.

송범준 형사와 그의 동료 형사는 경찰청 소유의 차로, 정석화는 김영환의 자동차를 타고 이동했다.

김정희가 입원해 있는 병원은 불과 15분 거리에 위치했기에 도착은 금방이었다. 병원은 3차 병원이기도 했거니와, 경찰 및 수사와 관계된 지정병원이었기에 가까웠다.

마찬가지의 이유로 쉽게 병원의 협조를 받을 수 있어, 김정희가 입원한 1인실에서 진술을 받을 수 있었다.

진술 사이사이에 풍기는 분위기도 배려가 넘쳤다. 옆에는 재혼을 준비하는 전 부인 도희영도 함께였으며 강압적인 목소리도 없었다. 도희영의 진술과 신체검사 등으로 김정희를 의심할 필요가 없었기 때문이다.

물론 경찰이 배려 넘치는 태도로 진술을 받아낸 이유는 따로 있다. 이는 김정희가 화재에 휘말렸을 당시 누군가를 목격했다는 사실 때문이다.

경찰은 김정희가 비흡연자였다는 점과 화재의 원인이 담배꽁초의 불씨에 있었다는 점을 주목했다.

화재로 인해 시너가 뿌려진 장소에 있는 담배꽁초에서 DNA를 발견할 수는 없었지만, 화재 당시 현장에 있던 김정희가 있었다. 덕분에 경찰은 범인 검거에 대한 부담을 덜 수 있었다.

김정희에게도 범인에게도 불행한 일이지만, 이로써 경찰은 유일한 목격자를 얻게 되었다. 그 기쁨도 잠시. 문제가 생겼다.

불타지 않은

그것은 바로 김정희가 범인의 뒷모습밖에 보지 못했다는 점이다.

"얼굴을 보지 못했다고요?"

"……네."

"하지만 김정희 씨. 당신은 분명 범인이 담배를 버린 후, 불이 붙는 것을 봤다고 하지 않았습니까?"

송범준 형사의 동료 형사가 던진 질문에 김정희가 고개를 끄덕였다.

"……이 부분에는 자세한 설명이 필요할 것 같군요."

김정희가 설명을 시작했다.

"그날. 저는 범인이 들통으로 무언가를 뿌리는 걸 봤어요. 하지만 그리 대수롭지 않게 생각했죠."

화재가 발생한 산책로는 동네에 있는 하천에 조성된 것으로 낚시꾼들이 종종 낚시를 하곤 한다. 낚시란 제법 많은 시간이 드는 취미 생활이고, 오랜 시간을 보내다 보면 배가 출출해지기 마련이다. 라면이라도 하나 끓여 먹기 위해서는 물이 필요하다.

무언가를 뿌려도 이상하게 생각하지 않은 것은 이 때문이었다.

"어떤 사람들은 2리터짜리 가장 큰 생수 6개가 든 것을 사 오는 분들도 있는데, 진짜 낚시 좀 하는 분들은 들통에 물을 받아 오죠. 간단하게 그릇을 헹구더라도 물은 필요하니까요. 그래서 그게 시너라고 생각도 못 했어요."

범인의 얼굴을 보지 못했다는 자괴감에 김정희가 손바닥에 얼굴을 묻었다. 그의 손이 가늘게 떨렸다. 도희영이 김정희의 어깨에 손을 얹고 위로했다.

"산책하다가 한 편에서 담배를 피우곤 하는 사람이 얼마나 많은데……. 그 사람이 방화범이라고, 누가 생각하겠어요."

"하지만……."

"하지만이 아니야. 당신, 치킨집 차릴 때……, 프렌차이즈로 굽는 닭 선택한 것도 불을 피해서잖아."

도희영의 위로에 김정희는 마음을 진정했다.

"남편은 오랜 시간 동안 스스로를 채찍질했어요. 이겨내기 위해 많은 노력을 했죠. 그중에는 충격요법도 있었어요. 사실 이 사람이 분신자살을 시도하려 했다고 생각했던 행동도 일종의 충격요법이었죠. 비록 당시에는 그렇게 생각하지 않았지만요."

도희영의 말에, 김정희가 아픈 표정을 지었다.

"당신 그런 표정 짓게 하려고 말한 거 아니야. 내가 이 사실을 말한 건, 형사님들한테 당신은 절대 불을 질러 사람을 죽이는 참혹한 짓을 할 만한 사람이 아니라는 걸 말하고 싶어서야."

김정희를 안심시키는 도희영의 목소리가 잘게 떨렸다. 잠시 침묵했던 김정희가 입을 열었다.

"그 당시, 저는……, 불씨를 보고 기이한 어지러움을 느꼈습니다. 그 느낌은 불에 대한 트라우마가…… 가장 힘들 때 느꼈던 것과 같았죠. 아찔한 느낌에, 눈을 감았어요."

일면식도 없던 사람들 앞에서, 자신의 불우한 경험을 설명하

불타지 않은

는 것은 불쾌한 일이다. 게다가 분신자살을 시도할 만큼 불안 정한 인간이 김정희다. 그런 사람이 비교적 담담하게 자신의 감정을 말할 때까지, 얼마나 많은 노력을 했을까. 정석화는 어떤 사람도 그 노력을 알지 못할 것이라 생각했다.

한편, 부부의 모습에 의문을 느낀 이가 있었다. 송범준 형사였다.

"잠깐. 저희 측은 이미 김정희 씨를 범인으로 생각하지 않습니다만……."

"하지만……. 제 병원 기록을 떼 가신 게……."

"그건 맞습니다."

"그럼 제가 분신자살을 시도한 이력이 있다는 사실도 아실 테고……."

"네. 하지만 김정희 씨가 아무런 이유도 없이 그런 일을 저지른 건 아니지 않습니까."

송범준 형사 역시 한때 김정희를 의심했다. 하지만 김정희에 대해 조사하며 알아낸 것이 있다.

김정희가 중학생이던 시절의 일이다. 그의 아버지가 보유하고 있던 상가 건물이 가스 누출로 인해 전소됐다. 그 당시 화재보험은 그리 보편적이지 않았기 때문에 알짜배기 부자였던 김정희의 집은 화재로 가세가 기울게 되었다.

게다가 설상가상으로 화재를 직접 목격한 김정희에게는 깊은 트라우마가 남았다. 김정희의 분신자살 시도는 일종의 외상후 스트레스 장애(PTSD)인 셈이다. 그리고 그를 가만히 관찰하다 보면 알게 되는 것도 있다.

"당신의 행동은 심리적 충격 때문에 발생한 일입니다. 심리적 충격을 받은 이들은 정신적으로 불안정하기 마련이지요. 그중 소수는 갑작스럽게 범죄를 저지르기도 하고요. 하지만 김정희 씨는 자신에게 해를 끼칠지언정, 다른 사람에게 해를 끼치지는 않았죠."

분신자살이라는 끔찍한 시도는 단 한 번뿐이었고, 거기에 김정희의 폭력에 대한 내용은 일절 없었다. 게다가 김정희는 자살미수 외에는 딱지 한 번 뗀 적이 없는 인간이다.

도희영의 증언과 카드결제 기록도 일치했으니 굳이 김정희를 의심할 이유는 없었다.

"단호히 말하건대, 저희는 김정희 씨를 범인으로 의심하지 않고 있습니다. 적어도 지금 이 순간부터는."

송범준 형사의 단호함에 김정희가 안도의 한숨을 내쉬었다. 긴장했던 도희영의 표정도 누그러졌다.

"하지만, 김정희 씨. 혹시나 아주 사소한 거라도 기억하고 있는 건 없습니까?"

"글쎄요……, 뒷모습만 봐서 잘…….'"

김정희가 말끝을 흐렸다. 하지만 송범준 형사는 포기하지 않았다.

"잘 생각해 보세요. 키라던가, 몸집이 있다거나 말랐다거나. 뒷모습을 목격했으니 머리가 어떤 스타일이었는지, 뭐, 이런 것들이요."

불타지 않은

송범준 형사의 예시에, 김정희가 기억을 더듬었다.

기억을 떠올리는 김정희를 위해 병실에 있는 이들은 침묵을 유지했다. 다행히 그들의 행동은 헛되지 않아서, 김정희는 무언가를 기억해낸 듯했다.

"음⋯⋯. 범인은 모자를 쓰고 있어서 헤어스타일은 잘 모르겠지만요. 뭔가 이상하다고 생각한 건 하나 있어요."

"그게 뭡니까?"

"범인이 담배에 불을 붙이니까, 담배 끝자락 쪽에서 뭔가가 반짝였어요."

정희의 증언에 정석화가 끼어들었다.

"⋯⋯담배가 반짝였다니. 범인이 형광색 담배 필터를 가진 담배를 피웠다는 건가요?"

"그건 아닌데⋯⋯, 어쨌든 중간에 뭔가가 잠깐 반짝였어요. 하지만 제가 잘못 봤을 수도 있고요."

집요하게 파고드는 바람에 기세가 눌린 김정희가 다시금 말 끝을 흐렸다.

정석화는 자신이 너무 공격적인 자세를 취했다는 사실을 깨닫고 입을 닫았다. 하지만 머릿속은 맹렬히 움직였다.

그 사이 송범준 형사는 추가 진술을 받았다. 하지만 사건 해결에 도움이 될 만한 진술은 없었다.

결국 그들은 별다른 소득 없이 김정희의 혈액만 얻어왔다.

그렇게 일주일이 흘렀다.

지난 일주일간, 송범준 형사를 비롯한 방화 사건 담당 형사들은 정말이지 화장실 갈 시간도 없이 바빴다. 이는 그들과 일종의 밀월 관계를 형성하고 있는 정석화 역시 마찬가지였다.

비록 사건 조사는 경찰의 몫이었지만 정석화 나름대로는 지금의 상황이 신경이 쓰였다.

사건 발생 초기, 정석화가 경찰과 맞서는 모습을 본 아파트 주민들은 그에게 우호적이었다. 정석화를 잘 모르는 이들도 있었지만 그들 역시 이웃들의 우호적 태도를 보고 덩달아 우호적으로 변했다.

상황이 이렇다 보니, 정석화는 이웃들에게 DNA 제공에 대해 설명하는 역할을 도맡았다. 아파트 주민 대다수가 DNA를 제공했다.

물론 가장 빨리 DNA를 제공한, 아니, 제공했던 이들은 4층에 거주하던 주민들이었다. 경찰 측이 4층 주민들 모두를 용의선상에 둔 것은 물론 영장까지 지참했기 때문이다. 4층 주민들은 영장발급으로 인해 선택의 여지없이 DNA를 제공해야 했다.

주민들의 유전자 샘플 채취는 아파트관리사무소에 모여 일주일간 이루어졌다.

한편, 주민들의 유전자 샘플을 채취가 끝나자마자, 초창기에 DNA 채취를 완료했던 4층 주민들에 대한 검사 결과가 나왔다. 그리고 사람들을 깜짝 놀라게 하기에 충분했다.

촛농에 섞여 남아 있던 유전자의 주인은 401호 의사 이혁재였다. 일치된 유전자가 이혁재의 것이라는 결과물이 나오자, 경찰 측은 이혁재를 유력한 용의자로 보고 긴급히 소환했다.

송범준 형사를 비롯한 경찰 측은 이혁재를 취조하는 한편, 혼란에 빠졌다. 이혁재를 비롯한 4층 주민들에게는 전부 알리바이가 있었다. 이 때문에 형사들은 이혁재를 붙잡고 대질 신문을 반복했다.

"자⋯. 이혁재 씨. 이제 그만 실토하세요."

"현장에 당신 유전자가 남아 있었습니다. 당신 똑똑한 사람이잖아. 빠져나갈 구멍이 있을 리 없으니, 우리 좀 쉽게 갑시다."

"대체 어떻게 알리바이를 만든 겁니까?"

하지만 계속되는 신문에도 이혁재는 부인했다.

"내 집에서 내 유전자가 나온 게 뭐가 이상합니까?"

"아니. 403호 다른 현장에서도 나온 게 이상하다는 거 아닙니까."

형사들이 몇 차례 취조했지만 이혁재는 형사들의 물음에 제대로 답하지 않았다. 그가 하는 말이라고는 변호사를 불러 달라는 말뿐이었다.

"변호사 도착하면 그때 말씀드리겠습니다."

그 말만 남긴 이혁재는 눈을 감고 팔짱을 꼈다. 결국 본의 아니게 신문은 중단됐다.

송범준 형사는 고집스럽게 입을 닫아 버린 이혁재의 행동에 혀를 내둘렀다.

"와……, 진짜! 대가리에 먹물은 가득한 놈이 고집을 피우면 이렇게 골치 아프구나."

"진짜 짜증나지 말입니다."

"그러니까 이혁재가 이렇게 똘기 있는 놈인 줄 어떻게 알았겠어."

"사실 전 그놈이 범인이라고 해서, 깜짝 놀랐지 말입니다."

송범준 형사와 함께 신문하던 후임 형사는 사실 샌님인 줄만 알던 이혁재의 범행에 몹시도 놀랐다.

"게다가 그 고집이라니. 어떻게 자기 이름을 묻는 말에도 답을 안 할 수가 있습니까?"

후임 형사가 질렸다는 듯 어깨를 떠는 동료에 동의하는데, 뒤로 누군가가 보였다. 정석화였다.

"아, 왔습니까?"

정석화를 부른 것은 송범준 형사였다. 물론 그 혼자만 부른 것은 아니었다.

"혁이도 안녕?"

송범준 형사의 인사에, 이혁재의 아들인 혁이가 재빠르게 정석화의 뒤로 숨었다.

원칙대로라면, 이혁재의 아들인 이혁은 아이의 보호자가 될 만한 친인척에게 맡겨야 했다. 애석하게도 이혁재와 이미 사망한 이혁재의 아버지도 모두 독자였다.

이혁재의 어머니 김귀자 측 친척들도 아이를 맡지 않았다. 김귀자의 장례식에는 마지못해 참석했으나, 그녀의 평판은 원

불타지 않은

체 좋지 않았기 때문에 아이의 처지를 동정하긴 해도 아이를 맡겠다 나서는 이는 없었다.

고아 출신에 실종된 이혁의 친모는 말할 것도 없었다.

경찰 측은 고심 끝에 이혁재의 직장 동료들에게까지 연락해 봤으나, 이마저도 여의치 않았다. 아이가 다니던 어린이집 역시 마찬가지였다.

어린이집에서는 학부모들의 핑계를 들어 거절했기 때문에 경찰 측은 아이의 거취에 대해 고민이 많았다. 최후에는 보호시설에 맡기는 것까지도 생각했다. 이때 나선 것이 정석화였다.

정석화는 이혁재의 기소가 결정되기 전까지 아이를 자신이 보살피겠다고 나섰다.

난항을 겪던 경찰 측은 정석화의 행동을 긍정적으로 생각했다.

정석화는 절차상으로 서류를 작성하는 것이 필요하다고 해, 아이를 데리러 경찰청에 왔다. 아이를 맡는다는 사실을 아이의 아버지인 이혁재와 형사들에게 알리고, 이혁재가 고용한 변호사를 통해 공증하기 위해서였다.

그 사이 이혁재가 선임한 변호사가 경찰청을 찾았다.

변호사는 변호인의 아들을 맡는다는 정석화에게 연락처를 받은 후, 이혁재가 있는 신문실로 들어갔다.

이혁은 주변을 요리조리 둘러보더니 정석화에게 물었다.

"아저씨. 그런데 아빠는요?"

"아빠? 우리 혁이 아빠 보고 싶어?"

"네! 우리 아빠가 원래, 막 나랑 밤마다 같이 놀고 그랬거든요. 아빠가 막……."

아이의 조잘거림이 계속될수록 정석화의 표정은 어두워졌다. 자신의 부모가 범죄자라는 이유로 그동안 속해 있던 유치원에서도 외면을 받는 혁이다.

비록 지금은 자신이 처한 상황을 알지 못하겠지만, 상황을 알게 될수록 지금의 밝음을 유지할 수 없을 터. 정석화는 아이의 처지가 가여웠다. 동시에 아이의 의식을 다른 쪽으로 돌릴 만한 주제를 찾아야 해서 난감하기 그지없었다.

그때 아이가 정석화의 뒤쪽으로 달려갔다.

"아빠!"

이혁재가 신문실에서 나왔다. 그 뒤로 표정이 굳은 송범준 형사가 따라 나왔다.

정석화가 상황을 살피려 눈알을 굴렸다. 한바탕 아이와 대화를 나눈 이혁재가 정석화에게 정중히 인사했다. 자신의 아이를 맡아준 것에 대한 고마움이었다.

"저번에도 그렇고 이번에도……. 감사합니다. 정석화 씨."

"아……. 네."

정석화가 얼떨결에 인사를 받자, 이혁재가 무엇인가를 내밀었다. 명함이었다. 용의자로 지목된 사람이라고는 생각조차 할 수 없는 그의 모습이다. 정석화가 물끄러미 명함을 바라보자, 이혁재는 명함을 직접 손에 쥐여 주기까지 했다.

"비록 지금은 상황이 여의치 않지만 언젠가는 제가 도움을

불타지 않은

드릴 수 있을 겁니다. 혹시 어디가 편찮으시다던가, 다른 도움이 필요하실 땐 언제든지 연락 주세요."

이혁재는 정석화에게만 말을 남기고 아이를 데려갔다.

구석에 몰려 조급함을 느낄 것이라 생각했는데, 범인이라는 것이 드러나고 있음에도 사뭇 당당했다. 정석화는 의아함과 궁금함에 한동안 이혁재의 명함만 바라보고 있었다. 그때 송범준 형사의 욕지기가 들렸다.

"젠장!"

모두의 시선이 그를 향하자, 송범준 형사가 신문실에서 있었던 상황을 해명했다.

"변호사가 증거물의 오염에 대해 따지고 들었어."

인간의 유전자는 스물네 개의 염색체로 이루어져 있다. 하지만 화재로 인해 분석할 수 있던 염색체는 스무 개 정도였고, 변호사가 지적한 것도 이 부분이었다.

"글쎄, 이혁재 그 인간, 변호사가 뭐라고 하는 줄 알아? 제 의뢰인에게는 알리바이가 있습니다. 게다가 당신들이 말한 증거는 이미 오염되어 채택되지 못할 증거고, 남은 네 개의 유전자가 다를 가능성은 얼마든지 있습니다. 이러지 뭐야. 아니, 그게 말이야, 방귀야!"

송범준 형사가 분통을 터트렸다.

"쌍둥이가 아닌 이상 스물네 개 중에서 스무 개나 같은데, 아파트에 있는 사람들 중 그 정도로 유전 형질이 비슷할 사람이 몇이나 되겠냐고!"

"그거야 그렇지만, 아직 범행에 사용된 물건들의 출처조차 드러나지 않았잖습니까?"

이혁재의 금융 기록을 보면 그의 소비생활은 오롯이 카드를 통해 이루어졌는데, 그럼에도 불구하고 시너를 구입한 기록은 있지 않았다. 혹시 몰라 주변을 수소문했는데 이혁재를 봤다는 증언을 하는 이도 없었다.

"게다가 현장에서 나온 유전자도 온전하지 못하고요."

유전자가 온전치 못해, 긴급체포를 했어도 법원에서 유전자를 증거로 인정해줄지도 미지수다. 이런 상황에서 무턱대고 이혁재를 잡아둘 수는 없는 일이었다.

"상황이 이러니 어쩔 수가……."

"상황? 사상~화앙?! 지금 그런 태평한 말이 나와?"

"그럼 어떻게 합니까? 이혁재가 하는 말 못 들으셨습니까? 어찌 됐든 협박을 당했다는 말이 나온 이상 한 번쯤 조사는 해 봐야……."

"얼씨구? 이미 유전자의 대부분이 일치하는 마당에, 진범에게 협박을 받고 있다, 함정에 빠졌다, 그렇게 주장한다고? 넌 그걸 믿냐?"

송범준 형사가 혀를 찼다.

그 모습에서 끼어들 여지를 찾은 정석화가 물었다.

"잠깐. 좀 차분하게 설명해 주세요. 이게 대체 어떻게 된 일입니까?"

"나는 사건 당시 소설 쓴다는 옆집 남자와 함께 있었으니 나

불타지 않은

는 범인일 수 없다. 알리바이는 확실하다. 다만, 내가 범인에 대해 아는 건 사실이다. 하지만 난 범인이 아니다. 현장은 조작된 거고, 진범은 따로 있다. 이혁재가 그렇게 주장했어요."

신문실에서 있었던 상황을 들은 김영환이 깜짝 놀라 물었다.

"……네?! 사건 현장이 조작되다니, 그게 가능하긴 합니까?"

"뭐, 불가능하진 않죠. 하지만 조작한 증거는 남기 마련이에요. 게다가 다른 게 발견됐으면 또 몰라. 이건 유전자라구요, 유전자. 말이 되는 소리를 해야지!"

송범준 형사는 이혁재의 주장이 말도 안 된다며 일축했다. 하지만 그때, 송범준 형사와 함께 신문실에 들어간 형사가 낙관적인 입장을 내놨다.

"그래도 혹시 모르잖습니까? 증거도 가지고 오겠다고 했고."

"증거를 가지고 오겠다고요?"

"네. 진범을 잡아넣을 만한 증거를 가지고 올 테니, 자신은 집행유예로 풀려나도록 해달라고 하더군요."

상황을 전해 들은 정석화는 상황을 이해할 수 없었다.

"이상하네요. 유전자를 직접적인 증거로 채택하지 못하더라도, 이미 드러난 상황만 가지고도 충분히 이혁재를 가둘 수 있는 일 아닙니까? 어찌 되었든 간에 이혁재가 진범을 알고 있다고 증언했으니, 방조죄로 봐도 되는 거잖아요."

"그게……, 꼭 그렇지만도 않아요."

방조죄가 성립하기 위해서는 피해자에게 직접적인 피해를 입히지는 않더라도 가해자의 범죄를 도와주거나 가해자의 범죄 행위를 중단시켜야 할 의무가 있는 사람이어야 한다는 전제 조건이 붙는다. 하지만 이혁재가 한 말은 진범이 따로 있다는 말뿐이었다.

이혁재에게 방조죄가 있음을 논의하기 위해서는 진범과 이혁재의 관계부터 알아야 했다. 둘 사이의 관계를 알아야, 범죄를 막을 수 있을 만한 상황이었는지를 따질 수 있기 때문이다.

"변호사가 온 이후에도 이혁재가 진술한 건 단 하나. 진범의 협박으로 인해, 방화에 대한 것을 막을 수 없었다는 것뿐이에요. 오히려 협박으로 인해 정신적 충격을 입었다 주장하는 이혁재가 피해자가 되는 셈이죠."

결국 이혁재가 범인이라는 부동의 증거가 나타나지 않는 이상, 이혁재를 검거할 수 없다는 소리였다.

현재의 상황에 대해 설명을 들은 정석화는 조용히 탄식했다. 한편, 경찰청에 상주하는 사회부 기자인 김영환은 우려를 표했다.

"만약에 이혁재가 도주라도 하면 어떻게 하죠?"

가족이라고는 미성년인 자녀 하나뿐인 사람이다. 게다가 이혁재는 의사였다.

"의사는 받아주는 곳도 많잖아요. 애 데리고 범죄인 인도조약이 없는 싱가포르 같은 곳으로 이민이라도 가면 어떻게 해요?"

인도조약이 있는 나라로 도주를 해도 용의자를 검거하기가 하늘의 별 따기다. 그런데 인도조약이 없는 나라로 도주라도

불타지 않은

하게 되면 이혁재를 검거하는 일은 요원하게 될 게 분명했다.

김영환의 우려에, 송범준 형사 역시 동의했다.

"나도 그게 걱정입니다. 하지만 전관예우 있는 변호사를 고용해, 법을 들먹이는데 어떻게 하겠어요. 그냥 그 인간의 말에 동의하는 척하고 말았죠."

도주의 우려를 줄이기 위해 송범준 형사가 택한 방법이었다.

"만일 정말 진범이 따로 있고, 진범을 잡을 만한 증거를 가지고 온다면 검사에게 당신의 집행유예를 논의해보겠다고 했으니 바로 도주를 실행하지는 않을 겁니다. 게다가 아들도 있잖아요. 아들의 나이가 어리니 무턱대고 도주하진 않겠죠."

송범준 형사가 애써 낙관적인 답을 내놓았으나 표정은 그리 좋지 않았다.

정석화는 나름의 위로를 내놓았다.

"너무 걱정하지 마세요. 주변 사람들 말을 들어 보면 이혁재가 그리 나쁘기만 한 사람은 아닌 거 같고. 자기 아들은 제법 아끼는 것 같으니, 금방 도주를 감행하진 않을 겁니다."

너무 태평스럽다는 생각도 들었지만 신문실을 빠져나가는 와중에도 정석화에게 감사 인사를 한 인물이 이혁재다.

정석화는 자신에게 명함까지 주고 간 이혁재가 도주를 염두에 두고 있을 거라고는 생각하지 않았다. 그리고 다행히도 정석화의 위로가 먹혔다.

"잠시 시간 번다고 생각하죠, 뭐."

송범준 형사는 금방 새로운 증거로 이혁재를 검거하겠다는 결심에 찼다.

　그렇게 3일이 지났다. 그 사이 많은 일이 있었다.
　정석화는 편집자를 만나 원고의 수정 방향을 정했고, 출간
시기에 대해 논의했으며, 이혁재로부터 연락도 받았다.
　[저······. 징석화 씨 맞으신가요?]
　"네."
　[저 이혁재입니다. 그······ 401호 살던······.]
　"아, 네······. 안녕하세요."
　갑작스러운 전화에, 정석화가 쭈뼛쭈뼛 인사를 건넨다. 하지
만 속은 바짝 긴장했다. 이혁재에게 전화번호를 건네준 적이
없었기 때문이다.
　"무슨 일이시죠? 제 번호는 또 어떻게 알고······."
　경계심이 잔뜩 들어 있는 말투에, 이혁재가 전화번호에 대해
해명했다.
　[아······. 전화번호는 제 변호사에게 들었습니다. 혹시, 불쾌
하십니까?]
　"······불쾌하지는 않지만 당황스럽기는 하네요."
　큰 물질적 피해는 없었지만 어찌 되었든 간에 정석화는 방화
사건의 피해자였다. 그리고 피해자와 유력 용의자는 연락을 나
눌 만한 사이는 아니지 않나. 정석화는 그렇기에 더욱더 이혁
재가 자신에게 연락을 취한 이유를 짐작할 수 없었다.
　한편, 이혁재는 정석화의 까칠한 말투에서 경계심과 배척을

느꼈다. 그렇기에 신변잡기에 대한 말부터 꺼내려 했던 기존의 계획을 철회하고 본론으로 들어갔다.

[혹시 ○○일 저녁 시간 괜찮으시면 저희 집에 와 주시지 않겠습니까?]

"집이요?"

[네. 근무하는 병원에서 그리 멀지 않은 곳에 집을 얻었습니다. 물론 정석화 씨 집에서도 그리 멀지 않은 거리고요. 제 초대가 부담스러울 수도 있겠지만, 꼭 드리고 싶은 말씀도 있어서요. 방화 사건의 진범에 대한 건데……. 제가 지금 함정에 빠져서 함부로 움직일 수 있을 만한 상황이 안돼서요.]

정석화는 부담스러운 마음에 아무런 대답을 하지 않았다. 이혁재는 한사코 오라고 권했다.

[물론 세간에는 제가 범인으로 인식됐고, 정석화 씨도 그렇게 생각하고 있으리라는 거 압니다. 그러니 제 집에 오는 게 쉬운 건 아니겠죠. 하지만 전 그저 협박을 당해 그의 범행을 방조하고, 양초를 사오라는 명령을 들은 게 다에요. 범인은 따로 있어요.]

이혁재는 자신이 원하는 것은 진범이 잡혀 자신의 결백이 입증되는 것이라고 했다. 경찰 측에서 주장한 것과 같은, 일관성 있는 주장이었다.

어쩌면 정말 이혁재의 주장이 사실일 수도 있다는 생각이 들 만큼. 그럼에도 이혁재의 초대는 부담스러운 것이었다. 이유야 어찌 됐든 현재의 증거는 명백히 이혁재가 범인이라고 말하고 있다. 이런 상황에서 이혁재와 얽히고 싶지 않다는 것이 정석화의 생각이었다.

[정석화 씨한테 부담이 갈 만한 일, 일체 없습니다. 전 그저 정석화 씨가 범인으로 몰릴 당시, 제가 보인 태도에 대해 사과를 하고, 진범에 대한 걸 말하려는 것뿐이에요. 증거도 제공할 용의가 있습니다. ……정말입니다.]

이혁재는 간절했다. 순진함을 무기로 한 조력자 혁이도 있었다. 통화 중인 이혁재의 곁에서 옆집 아저씨 정석화가 자신의 집에 오는지를 확인했다.

[아니. 아직 아빠도 잘 몰라. 우리 혁이는 아저씨가 우리 집에 놀러 오면 좋겠어?]

이혁재와 혁이가 주고받는 말들이 정석화의 귀에까지 닿았다. 그들의 다정한 대화를 듣고 있자니, 정석화는 순간 마음이 약해졌다.

한편, 이혁재는 이 상황을 노린 듯 결정적인 한 방을 내뱉었다.

[다시 한 번 말씀드리지만 저는 정말 범인이 아닙니다. 원하신다면 진범이 직접 범행을 고백하는 모습을 보여드릴 수도 있어요.]

하지만 정석화는 이혁재의 고백을 백 프로 믿을 수는 없었다.

"아니 그건 경찰 측에 말씀하시고……."

[말했잖습니까. 난 협박당하고 있었을 뿐이에요. 그래도 경찰이 제 말을 믿어 줬다면 진작 증거를 제공했을 겁니다. 하지만 제 주변에는 절 믿어 주는 이들이 없어요. 특히 직장에서는

불타지 않은

제가 증거불충분으로 풀려났다는 걸 알면서도 사직을 권고했어요.]

정석화는 전화상으로 느껴지는 그의 상실감에 입을 다물었다.

[지금 제가 믿을 만한 사람은 그저 옆집에 사는 아이일 뿐인 혁이를 맡으려 해 주신 정석화 씨뿐이에요.]

"……."

[절 믿지 않으셔도 좋아요. 하지만 집에는 아이도 있어요. 설사 제가 방화범이라고 해도, 제 아이 앞에서 그런 짓을 저지르지는 않을 겁니다.]

방화 피의자를 직접 대면하는 건 위험하다는 것을 안다. 하지만 망설임은 짧았다. 그의 간절함에 결국 정석화는 이혁재의 초대를 받아들이기로 했다.

"괜찮으시다면 내일 만나죠."

[감사합니다. 그럼 제가 전화로 저희 집 주소를 보내드리겠습니다.]

정석화가 떨떠름한 목소리로 긍정하자, 이혁재가 바로 보자며 전화를 끊었다. 당장 만날 것을 요구한 것이다.

그의 새로운 거주지를 찾는 것은 어렵지 않았다. 하지만 문제는 따로 있었다. 벨을 아무리 눌러도 사람이 나오지 않았다. 정석화는 난처한 표정을 지으며 서 있었다.

그때, 익숙한 아이의 목소리가 정석화를 불렀다.

"어? 아저씨!"

이혁재의 아들인 이혁이다. 혁은 들고 있던 인형을 팽개치고 달려와 정석화에게 반가움을 표했다.

"우와! 아저씨, 우리 집에 온 거예요?"

정석화는 아이를 쓰다듬었다. 그때 한 중년 여성이 아이를 부르며 뛰어왔다. 아이가 떨어뜨린 인형을 챙겨서.

정석화는 이혁재가 아이를 돌보는 베이비시터를 제법 잘 골랐다는 생각을 했다.

"혁아! 아줌마 손 놓고 갑자기 가면, 혁이 아야, 할 수도 있다고 했지?"

베이비시터는 아이에게 주의를 준 후, 정석화를 향해 물었다.

"혹시 오늘 오신다던 애 좋아하는 손님인가요?"

"네? ……뭐. 제가 오늘 얼굴 보기로 한 사람은 맞는데……."

왠지 모를 찜찜함에 정석화가 말끝을 흐렸다.

"혁이 아빠한테 남자 손님 한 분이 오신다는 건, 들었어요. 그럼 들어가셔요."

베이비시터는 정석화에게 집으로 들어갈 것을 권했다. 하지만 정석화는 주인 없는 집에 들어간다는 것이 찜찜했다.

"아……. 그게……. 이혁재 씨가 안 계셔서요."

정석화가 멋쩍은 웃음을 지었다.

베이비시터는 말도 안 된다는 듯한 표정을 지었다.

"손님 모셔놓고 어딜 갔을 리는 없고, 잠깐, 요 앞에 나가셨나?

베이비시터는 혼잣말을 하며 갸우뚱거렸다.

그때 아이가 나섰다.

불타지 않은

정석화는 막무가내로 잡아끄는 아이의 손에 이끌려 집 안으로 들어섰다. 아이는 정석화를 거실로 데려갔다.

하지만 곧 산책 후에는 꼭 손발을 깨끗하게 씻어야 한다고 가르치는 베이비시터의 손에 이끌려 화장실로 향했다.

그 사이, 정석화는 이혁재에게 전화를 걸었다. 아이가 잡아끌어 부득이하게 집 안으로 들어오게 되었다고. 그러니 빨리 집에 오시라고. 그의 귀가를 재촉하기 위해서였다.

하지만 전화를 걸던 정석화는 표정이 이상해졌다. 이혁재의 휴대전화 벨소리가 집 안에서 울렸기 때문이다. 안방에서였다. 정석화는 휴대전화를 놓고 나갔나 싶었다.

그가 안방 문을 열었다. 그리고 책상에 엎드려 있는 남자를 발견했다. 이혁재다.

사람을 불러놓고 자는 건가? 혀를 찬 것은 잠시였다. 정석화는 내심 안심했다.

"이혁재 씨!"

정석화는 그가 잠에 취해 못 일어난다고 생각해 그의 어깨를 흔들었다. 이혁재가 허물어지듯 쓰러졌다. 주사기도 함께 떨어졌다. 동시에 이혁재의 팔에서 미처 지혈하지 못한 피도 흘러나왔다.

허물어지는 이혁재의 모습에 놀란 정석화가 이혁재의 어깨를 흔드는 것을 멈추었다. 코에 손가락을 가져다 대니, 미약하지만 온기가 돌았다. 다행히 숨이 아직 붙어있었다. 정석화는 서둘러 이혁재를 반듯하게 눕혔다.

한편, 소란스러운 소리를 들은 베이비시터가 방문 밖에서 쓰러진 이혁재를 보고 놀라 주저앉았다.

"이, 이게 대체……!"

베이비시터의 소리가 방을 울렸다.

정석화는 베이비시터를 안심시키는 대신 119와 112에 전화를 걸었다. 송범준 형사에게 연락을 하는 것도 잊지 않았다. 전화를 마친 이후에는 베이비시터를 부축해 소파에 앉혔다.

사건 현장인 방문을 닫는 것도 잊지 않았다.

베이비시터 역시 조금씩 정신을 차렸다. 하지만 놀란 마음이 가셨을 리는 없었다. 베이비시터는 떨리는 목소리로 정석화에게 물었다.

"대체……. 어떻게 된 거예요?"

놀란 목소리를 대변하듯, 베이비시터의 언성은 높았다.

"아이가 알아서 좋을 건 없는 상황입니다. 그런데, 아이는요?"

"화장실에요. ……놀이터에서 모래를 많이 묻히고 와서 욕조에 물을 받아줬어요. 그렇게 하면 씻기 싫어하는 아이도 얌전해지니까요."

"그나마 다행이네요."

정석화가 안도하는 사이, 화장실에 있던 아이가 베이비시터를 불렀다.

"아줌마! 아줌마!"

아이의 부름에, 베이비시터가 자리에서 일어났다. 다리에

불타지 않은

힘이 빠졌는지, 욕실로 향하는 베이비시터의 다리에는 힘이 없었다.

정석화는 아이에 대한 부탁을 잊지 않았다.

"선생님, 구급차를 불렀으니, 구조대가 올 때까지 혁이의 방에서 기다려주세요."

이혁재가 구급차에 실려 가는 장면을 혁이에게 보여줄 필요는 없다. 베이비시터 역시 정석화의 생각에 동의했다.

수건에 감싸 아이를 데리고 나온 베이비시터는 아이와 함께 사건 현장 반대편에 위치한 방으로 들어갔다.

아무것도 모르는 아이는 산책이 고단했던지 꾸벅꾸벅 졸며 인형을 끌어안았다.

아이가 베이비시터와 자신의 방으로 들어간 사이에 119 구조대가 왔다.

"상황이 좋지 않습니다."

"혈압이 너무 낮네요."

"일단 옮겨!"

119 구조대원들이 분주하게 움직이며 이혁재의 몸을 실어 나르는 사이, 송범준 형사가 과학수사대원들과 함께 찾아왔다.

정석화가 할 수 있는 일은 없었다.

올바른 선택

병원 차량에 실린 이혁재를 본 송범준 형사는 현장에 출동한 인원을 두 팀으로 나누었다. 송범준 형사와 그 일행들은 이혁재를 따라가는 병원팀과 사건 현장 보존 및 조사팀으로 나뉘었다.

과학수사 팀원들은 현장을 보존하고 기록하기 위해 이혁재가 발견되었던 방으로 향했다.

한편, 방화 사건의 담당 형사로서 이혁재의 자살에 불려 온 송범준 형사는 망연자실했다. 정석화는 무슨 말로 위로를 해야 할지 알 수 없어서 침묵했다.

하지만 그것도 잠시, 송범준 형사는 실의의 표정을 거두고 물었다.

"대체 어떻게 된 일입니까?"

"……이혁재 씨가 수면제 과다 복용을 통해 자살을 시도한 것 같아요."

"자살이라니……."

"자신이 검거되는 건 시간문제라고 생각하지 않았을까요? 형량이 큰 죄를 저지르는 용의자들은 왕왕 자살을 시도하고는

불타지 않은

해요. 하지만 이혁재가 설마 그런 선택을 할 줄은……."

송범준 형사가 말끝을 흐렸다.

정석화 역시 이혁재가 자살을 할 것이라고는 꿈에도 생각하지 못했다. 자신도 짐작조차 못 한 일이라고 침중한 표정으로 말하자, 송범준 형사가 물었다.

"그런데 정석화 씨는 왜 여기에 온 겁니까?"

정석화는 기꺼이 물음에 답했다.

"며칠 전 이혁재로부터 연락을 받았습니다. 자신은 범인이 아니라고. 진범에 대한 정보도 가지고 있다고 했습니다."

송범준 형사는 지금 마주한 상황이 멍하긴 해도, 자신이 형사라는 사실까지는 잊지 않았다.

"그러니까……. 이혁재가 정석화 씨한테 진범에 대한 정보를 주겠다고 말해서, 당신이 여기까지 왔다는 겁니까?"

정석화가 말없이 고개를 끄덕였다. 얼핏, 안일하기까지 한 모습에 송범준 형사가 눈살을 찌푸렸다.

"……어리석군요. 그러다가 이혁재가 당신을 살해한다든지, 밀폐된 공간에 가두어 두고 불을 지른다든지 하면 어떻게 하려고 그런 무모한 짓을 합니까?"

송범준 형사는 정석화의 부주의함을 비난하는 한편, 이혁재와 전화 통화를 할 당시의 상황을 물었다. 통화 내용을 묻는 목소리에는 걱정이 들어 있었다.

정석화는 질책하는 송범준 형사에게 당시의 통화 녹음을 들려줬다.

"저도 머릿속을 마냥 꽃으로 채운 건 아니었어요. 혹시나 이혁재 씨가 저에게 위협적인 행동을 가하진 않을까, 고민도 많았죠."

"그런데 왜?"

"하지만 이혁재 씨는 일관되게 자신의 결백을 주장했습니다. 게다가 증거도 있다고 했어요."

아이도 있는데 설마 나를 죽이기야 하겠어? 그런 생각도 한몫을 하기는 했다. 하지만 이혁재의 집에 방문한 가장 큰 이유는 진범에 대한 증거가 있다는 이혁재의 말 때문이었다.

한편, 증거가 있다는 소리에 송범준 형사의 눈이 커졌다.

"증거라고요?!"

"네. 이혁재 씨가 깨어나지 않는 한, 그가 가지고 있는 증거가 무엇인지는 알 수 없을 테지만요."

정석화의 말은 씁쓸했다.

그때 베이비시터가 아이의 방에서 나왔다. 졸고 있던 아이를 방에 두고 온 것을 보면 아이가 잠에 들었으리라. 정석화는 차라리 다행이라는 생각을 하며, 베이비시터를 소개했다.

베이비시터에게 송범준 형사를 소개해주는 것도 잊지 않았다.

소개하지 않은 것은 하나.

눈앞에 있는 형사가 이혁재를 동네에서 발생한 방화 사건의 유력 용의자로 보고 있다는 것뿐이었다. 이것은 몹시도 효과적인 방법이었다.

"제 고등학교 선배님이신데, 갑자기 쓰러진 이혁재 씨를 보

불타지 않은

고 놀라서 혹시나 하고 불러 봤습니다. 요즘 이 동네가 원체 시끄럽지 않습니까?"

"아……."

천연덕스러운 태도에, 베이비시터인 사현숙은 송범준 형사를 그저 이혁재의 손님이 잘 아는 지인으로 인식했다. 덕분에 진술하는 데도 한결 수월했다.

"그……. 저는 아이와 함께 집 앞 놀이터에서 놀았어요. 한, 한 시간 정도 시간을 보냈죠. 그리고 돌아와서 집 앞에 와 계신 분을 만났어요."

"그때가 몇 시쯤이었죠?"

"일곱 시가 좀 안 되는 시간이었던 것 같아요. 보통은 여섯 시쯤 퇴근하는데, 오늘은 좀 늦게까지 있었죠. 전화가 왔거든요."

베이비시터는 자신의 퇴근이 미루어진 이유가, 퇴근하기 20분 전, 한 통의 전화를 받은 이혁재의 부탁 때문이라고 했다.

"갑자기 손님이 오시기로 했는데, 잠시 들렀다 가실 분이라고……. 아이와 함께 잠시 자리를 비켜달라고 했어요."

"그래서 아이를 데리고 산책을 간 겁니까?"

"네. 한 시간 추가근무 한 것에 대해서 추가 수당을 준다고도 했고. 조금만 지나면 아이를 좋아하는 손님도 오니 한 시간 이상의 추가 근무는 없을 거라고 못 박았거든요."

베이비시터의 증언을 듣던 그때, 송범준 형사의 전화가 울렸다.

이혁재가 실려 간 병원에 동행한 과학수사 팀원 중 한사람이었다. 발신인을 확인한 송범준 형사가 사현숙에게 양해를 구했다.

"수사와 관계된 전화여서, 잠시 받고 오겠습니다. 괜찮으시다면, 저희 측 관계자와 함께 아이의 진술에 참여해주시겠습니까?"

다행히 사현숙은 송범준 형사의 부탁에 기꺼이 응했다. 사현숙이 송범준 형사의 동행인 중 한 명과 아이가 잠든 방에 들어가는 사이, 송범준 형사가 전화를 받았다.

"이혁재는 어떻게 됐습니까?"

[의식을 되찾지는 못했지만 위험한 고비는 넘겼습니다.]

다행스러운 소식에, 안도의 한숨을 내뱉었다. 하지만 그것도 잠시. 과학수사 대원이 믿기 힘든 가설을 내놓았다.

[그런데 말입니다. 정말 이혁재가 무고할 가능성은 없겠습니까?]

무고에 대한 가능성을 언급하는 과학수사 대원의 말에 송범준 형사가 볼멘소리를 했다.

"……경위님까지 왜 이러십니까?"

경찰청 과학수사대에 속한 이들의 대부분은 이과 출신에 석박사까지 딴 재원들로 경찰 시험보다는 특채로 들어오는 이들이 대부분이다. 이렇다 보니, 수사의 책임자는 송범준 형사일지라도 특채로 과학수사대에 속한 이들을 함부로 대할 수는 없다.

송범준 형사는 면박을 주는 대신 DNA에 대해 언급했다.

"바른 아파트 현장에서 발견된 DNA가 누구 것인지는 잘 알지 않습니까?"

불타지 않은

[아, 나도 알지요. 그 DNA를 분석실에 넘긴 게 나인 걸요.]

"DNA는 조작한다고 조작되는 게 아니라는 걸 잘 아실 것 아닙니까."

[그렇지만 좀 수상해서 말이죠.]

송범준 형사는 현장을 지휘하느라 이혁재에 대해 제대로 살펴보지 못했다. 그렇기에 과학수사 대원이 지적하는 것이 무엇 때문인지를 알지 못했다.

"수상하다니, 뭐가요?"

[이혁재의 팔에서 발견된 주삿바늘 말이에요. 아무리 봐도 이상해서요.]

송범준 형사가 고개를 갸웃거렸다.

"……이상하다고요?"

[네. 주사로 약물을 주입해 자살하는 사람의 경우, 대부분 주사기 방향이 위로 가도록 약물을 주입해요. 하지만 이혁재의 팔은 반대였어요.]

"그냥 이혁재가 주사를 놓는 습관 아닐까요?"

[처음에는 저도 그렇게 생각했지요. 하지만 그렇게 생각하기에는 수상한 점이 너무 많아요.]

과학수사 대원이 지적한 것은 두 가지였다.

[첫 번째는 이혁재가 왼손잡이임에도 불구하고 주사를 왼쪽 팔에 놨다는 거예요.]

이혁재가 목숨을 건진 후, 과학수사 대원들은 그의 몸을 유심히 관찰했다고 했다. 그들은 손가락의 굳은살을 보면 이혁재는 왼손잡이였을 것이 분명하다고 증언했다. 그러니 왼손 팔에 왼쪽 손으로 주사를 놓을 방법은 없다.

혹시나 하는 마음에 이혁재가 근무하는 병원에 자문도 구했다. 왼손잡이어도 주사기는 오른손으로 놓았을지도 모르기에 확인을 했다. 하지만 이혁재는 명백한 왼손잡이였다고 했다.

[그리고 주삿바늘로 인해 발생한 상처도 이상해요.]

"……상처가 있습니까?"

[네. 한번에 주사된 것도 아니고요. 바늘 자국이 꽤나 여러 개예요. 게다가 바늘이 빠지는 과정에서 난 상처도 아래쪽으로 나 있고요.]

전문의로 5년쯤 된 이혁재가 주사를 놓기 위해 여러 번의 시도를 거친다는 것은 말이 안 되는 일이라는 거였다.

[현재 이혁재가 근무하는 대형병원이기는 해도 그만두는 사람이 많아 근무 인원이 항상 부족했던 모양입니다. 이렇다 보니, 근무하는 병원에서도 곧잘 링거나 주사기를 사용하는 상황이 되었던 모양이에요. 한마디로 주사기 실수를 할 일은 없는 인물이라는 거죠. 그리고 주사기로 인해 난 상처도 이상하고요.]

"상처요?"

[네. 주사기가 빠지면서 주사기가 삽입된 아래쪽의 핏줄이 터졌는데, 그게 또 말이 안 되거든요.]

자기 스스로 주사액을 주입하는 경우, 주사기는 위로 향하거나 몸 안쪽으로 향하는 게 올바른 주사법이다. 과학수사 대원은 이혁재의 자살은 명백히 조작된 것일 확률이 높다는 소견을

불타지 않은

내놓았다.

송범준 형사는 그 결과를 도저히 믿을 수 없었다.

"자살이 아닌 타살이라니! 말도 안 됩니다. 이혁재가 유력 용의자라는 사실은 피해자들을 포함해서 그 누구에게도 알리지 않았잖습니까?"

지금까지의 조사에 의하면 이혁재는 오로지 엘리트 코스만 밟고 살아온 인물이라 방화 사건을 제외하면 원한을 살 만한 일을 벌인 적도 없었다.

[어쨌든 내가 말할 건 하나뿐입니다. 이혁재 씨 사건은 자살이 아닙니다.]

묵직한 선고에 송범준 형사는 차마 말을 잇지 못했다.

[시간이 좀 걸리기는 해도 피해자가 깨어나기는 한다니까, 자세한 건 그쪽에 들어요.]

전화는 거기서 끊겼고, 송범준 형사는 황망한 표정이 되었다.

한편, 송범준 형사와 동석해 사건의 반전을 전해 들은 정석화 역시 황당한 표정이었다.

"아니……. 이혁재 씨가 타살이라고요?"

"……그런가 봅니다."

송범준 형사의 표정 역시 좋지 않았다.

그는 지금까지 틀림없이 이혁재가 방화범이라고 생각했기 때문이다. 물론 이혁재가 범인이라 생각했던 이는 송범준 형사 뿐만이 아니었다.

정석화 역시 이혁재가 범인이라고 생각했다. 방화현장에 남은 DNA 염색체의 일부는 손상되었지만, 증거물로 인정되지만 않을 뿐. 이혁재가 범인이라는 사실을 증명한다고 여겼다.

하지만 이혁재가 자살로 보이는 타살을 당했다는 것이 드러난 시점에서, 정석화는 고민하지 않을 수 없었다.

며칠 전, 이혁재는 진범을 알고 있으며 그로부터 협박을 당해 운신이 어렵다고 정석화에게 말했다.

통화 당시에는 그것이 그저 아이를 데리고 몸을 피하기 위한 시간 끌기라고 여겼다. 하지만 만일 그게 거짓이 아니라면? 진범이 이혁재를 자살로 위장해 빠져나가려는 거였다.

정석화는 송범준 형사가 갑작스러운 사건 전개를 따라가지 못한다는 것을 알면서도 묻지 않을 수 없었다.

"형사님. 방금 제가 한 증언 기억하시죠? 이혁재 씨는 저에게 진범을 알 만한 증거를 제공할 용의가 있다고 했어요."

눈치 빠른 송범준 형사는 정석화의 의도를 알아차렸다.

"정석화 씨. 그 말은 이혁재가 방화범이 아니라고 생각한다는 뜻입니까?"

"아마도요."

정석화가 고개를 끄덕이자, 송범준 형사가 한숨을 내쉬었다.

"저에게 연락 주신 분은 오랜 경력으로 범죄 현장의 분석에 능숙한 분이에요. 나도 과학적 분석에 의거한 수사 결과를 못 믿는 건 아닙니다. 저 역시 무언가 이상하다는 생각을 하고 있어요. 하지만 현장에는 손상된 것이기는 해도 이혁재의 DNA가 남아 있었잖습니까. 설사 이혁재가 자살로 위장되어 살해당

　　　　　불타지 않은

할 뻔했을지도 모르겠지만, 그렇다고 해도 방화범이 아니라는 증거는 어디에도 없어요."

"그건 저도 알아요. 하지만 이혁재 씨가 절 부른 이유를 말씀 드렸잖아요. 생각해보세요. 사실 이혁재 씨는 공범이었는데, 팽 당했을 수도 있잖아요. 진범이 따로 있고, 그가 이혁재에게 죄를 뒤집어씌우려 했다는 가설 외에 어떤 게 이혁재 씨 상황을 설명할 수 있겠어요."

당시에는 의심했지만 이제 와서 보면 401호 이혁재가 정석화를 부른 이유는 진범에 대한 증거를 제공하기 위해서였다.

"그때는 이혁재가 도망가기 전 시간을 끄는 과정일지도 모른다고 생각했는데, 지금 생각하면 그런 게 아니에요. 이혁재는 정말 진범을 알고 있었던 거라고요. 게다가 화재 당시 이혁재 씨는 알리바이가 있잖아요. 만일 진범이 존재하고, 진범이 이혁재를 범인으로 몰기 위해서 일부러 휴지를 거기에 놓은 것일 수도 있어요."

401호 이혁재는 사건 당일 오전에 출근했다가 퇴근 직후 아이를 데리고 정석화를 만나러 나왔다. 화재 전까지는 식당에 있었던 이혁재의 알리바이는 확실했다. 애초에 방화 현장에서 발견된 촛농에 응고되어 발견된 휴지에서 DNA만 발견되지 않았다면 그가 범인으로 지목되는 일은 없었을 터였다.

"반대로 알리바이가 조작되었을 수도 있죠. 사건 현장에서 발견된 것들 중 일부에는 실리콘과 털실도 있으니, 이것들을 이용해서 화재가 번지는 속도를 줄였을 가능성도 배제할 수는 없어요."

분명 틀린 말은 아니었다.

하지만 정석화는 이혁재가 진범은 아닐 거라는 생각에서 벗어나지 못했다. 어쩌면 아파트 관리소장에게 들은 이혁재의 미담 때문인지도 몰랐다.

"그건 인정해요. 하지만 만일 형사님 말이 사실이라면, 알리바이가 깨지는 건 이혁재 씨만은 아니에요. 아파트에 출입한 모든 사람을 용의자로 봐야 할지도 모르죠."

이리지도 못하고 저리지도 못하는 상황에 처한 송범준 형사가 입술을 깨물었다.

"그럼 이제 어떻게 해야 하죠? 이혁재가 깨어나길 기다려야 할까요?"

이혁재가 범인이라는 생각이 조금은 누그러든 것 같은 목소리였다.

이에 정석화는 금방 자신이 생각했던 방안을 제시했다.

"우리의 선택지는 두 가지죠. 이혁재가 죽었다는 소문을 내던가. 이혁재가 의식을 차리기 전 진범의 정체를 밝히던가."

송범준 형사의 미간이 찌푸려졌다. 그런 게 가능했다면 진범이 파놓은 함정에 빠져 이혁재를 범인이라고 확신하지는 않았을 것이다.

송범준 형사가 회의적인 반응을 보였다.

"이혁재가 죽었다는 소문을 내자고 말하는 이유가, 그를 진범의 손에서 지키기 위해서라는 건 알겠습니다. 하지만 그가

불타지 않은

의식을 차리기 전에 진범을 잡는다고요? 그게 가능하기는 한 겁니까?"

"그럼요. 저에게 증거를 제공한다고 했어요. 오늘 절 이곳에 부른 걸 보면, 분명 이 집 어딘가에 진범을 확증할 만한 것을 숨겼을 거예요."

"하지만 정석화 씨 말이 맞다고 해도, 진범이 증거를 그대로 놔뒀을까요? 그리고 이혁재를 자살로 위장한 사람이 방화범이라면 왜 위장 방법으로 불을 선택하지 않았을까요?"

이혁재를 방화범으로 몰고 싶었다면, 약물 과다 투여를 선택하는 것보다는 불을 지르는 게 낫다. 적어도 일관성이 있는 방법이니까.

"그건 혁이 때문이라고 생각해요."

"방화범이 아이가 상처 입을까 봐 걱정해서요?"

"아니요. 이혁재가 아이를 아끼기 때문에요."

진범은 이혁재가 범인이라는 인식을 주기 위해 이혁재의 살해 시도에 불을 이용하고 싶었을 것이다. 하지만 진범은 그러지 않았다.

이런 상황이 되니, 정석화는 진범이 자살로 위장하는 방법으로 방화를 선택하지 않은 이유를 알 것 같았다. 이혁재가 범인이 아닐 수도 있다는 의심을 가진 누군가가 나타나기를 원하지 않았을 테니까-.

"이혁재는 아이를 함부로 대하는 모친에게 불만이 많았어요. 반대로 아이에게 하는 걸 보면 제대로 된 가정에서 성장하지 못하게 한 것에 대해 미안함 정도는 가지고 있었을 테죠. 적어도 진범은 그런 것까지 계산하지 않았을까요?"

정석화는 과거의 이혁재가 성매매를 했든, 한창시절 폭력을 휘둘렀던 학생이었든 간에 그런 것들에는 관심이 없었다. 정석화 자신이 보고 만난 이혁재를 더 신뢰했다.

이혁재는 아이에게 밥을 먹이느라 자신의 식사는 제대로 챙기지 못하는 남자였다. 단 한 번 본 것이 전부지만, 정석화는 이혁재가 늘 아이의 식사부터 챙겨왔던 아버지라는 것을 봤다. 아니, 보고야 말았다.

적어도 이혁재는 그 정도 부성애는 가지고 있는 남자라는 것을.

"아이에게 엄격하기는 해도 아들에 대한 애착이 남다른 아버지죠. 이혁재가 범죄자로 죽고 나면 아이에게 부담이 갈 수도 있잖아요. 뭐가 됐든 이혁재는 아들을 위해 그런 행동을 할 사람은 아니에요. 뭣보다 하나뿐인 아들 혁이를 두고 죽음을 선택할 사람도 아니라고 생각합니다."

진범은 이혁재를 이용하기 위해 주시했을 것이 뻔하니, 이혁재의 행동반경에 대해 잘 알고 있었을 터. 이혁재를 자살로 위장하기 위한 방법 중 방화를 배제하는 건 당연했다.

"저는 정석화 씨와 완전히 같은 생각은 아닙니다. 하지만 이혁재가 발견된 방을 조사해 볼 필요는 있겠네요."

현장에 남아 현장을 감식하던 과학수사 대원을 부른 송범준 형사는 방을 더 샅샅이 뒤지라 지시했다. 정석화에게 좋은 의

불타지 않은

견이 있냐고 묻는 것도 잊지 않았다.

"좋은 방법은 모르겠지만 우선 진범이 누구인지. 진범을 밝힐 만한 증거가 무엇인지 찾기 전까지는 이혁재에 대한 보호와 감시를 소홀히 하지 않는 게 중요하다고 생각해요."

"보호는 그렇다 쳐도, 감시라고요? 정석화 씨는 이혁재 씨의 무고를 주장하고 있는 거 아니었습니까?"

이혁재는 진범의 범행 일부에 가담할 정도의 약점을 잡혔다. 방화에는 무관할지라도, 진범이 지니고 있는 이혁재의 약점은 결코 사소한 문제는 아닐 것이다.

어쩌면 이혁재의 죄가 더 무거울지 몰랐다.

"정확히는 방화에 대한 무고를 주장한 거죠. 이혁재에게 죄가 있다면 밝혀야죠. 애먼 죄로 들어갈 게 아니라……. 한마디 더 하자면, 전 이혁재 씨가 의식을 찾아도 당분간은 그 사실을 불문에 부치는 게 좋을 거라 봅니다."

"한마디로 함정을 파자, 이 말입니까?"

"……뭐, 꼭 그런 말은 아니었습니다. 형사님도 이혁재를 용의선상에 제외하는 건 이르다고 하지 않으셨습니까?"

"거, 참. 그걸 마음에 두고 있었습니까?"

방금 전 자신이 했던 말을 떠올리자, 민망해진 송범준 형사가 콧등을 긁었다.

"그건 아니고……. 저희가 믿을 수 있는 건, 이혁재가 남긴 말뿐이지 않습니까. 이혁재가 무언가를 건네주려 했던 것은 틀림없지만, 아직은 찾지 못했으니까요. 아직 방심하기는 이르다고 생각할 뿐입니다."

"……. 정석화 씨는 나이도 어린 사람이 걱정도 많습니다. 급박한 상황에서 그의 아이를 거둔 게 당신이에요. 그리고 중기도 주셨다고 했다면서요. 설마 거짓말이야 했겠습니까?"

"그거야 그렇지만……."

"걱정 말고 기다려 보세요. 뭔지는 몰라도 저희 경찰들이 금세 찾아낼 겁니다."

경찰 측은 이혁재의 휴대폰 저장 메모리를 복구하고 있어서, 진범이 있으면 반드시 밝혀질 것이라는 낙관적인 전망을 내놓았다. 하지만 현장에서는 아무것도 밝혀지지 않았다.

"방화 사건과 관계가 됐을 만한 물건은 없는 것 같은데요."

"발견된 거라고는 거실에서 발견된 것뿐입니다. 진범이 왔을 때 내놓은 것으로 보이는 커피 두 잔이요. 그 외에 별다른 것은 없었습니다."

현장 조사 결과를 보고하는 과학수사 대원들의 표정이 어두웠다. 하지만 정석화와 송범준 형사는 마냥 실망하지는 않았다.

"흐음……. 그럼 이혁재의 집에 누군가가 방문했다는 건 틀림없군요."

"네. 그리고 집까지 방문한 걸 보면, 이혁재를 자살로 위장해 살해하려 한 범인은 그와 어느 정도의 안면은 있다고 봐야겠어요. 적어도 지금 상황에서 방문자로 단정 지을 사람은 딱 한 명밖에 없죠."

단정적인 말에, 방문자가 누구인지도 지칭하지 않는 말이지만 송범준 형사는 방문자가 누구인지 알 수 있었다. 그렇기 때문에 더 조바심이 났다.

"대체 이혁재가 가지고 있는 증거는 어디에 있을까? 정말 가지고 있기는 한가?"

"너무 급하게 생각하지 마세요. 우선 병원에서는 이혁재의 생명에는 지장이 없다고 했으니, 증거를 가지고 있다면 이혁재가 의식을 차린 후에 말해 주겠죠."

정석화 역시 혼란스러운 것은 사실이다. 하지만 증거를 찾는 것은 마음을 조급히 먹는다고 될 일이 아니었다.

"이혁재가 무슨 일을 저질렀는지는 알 수 없게 될지도 모르지 않습니까?"

"글쎄요……. 만일 이혁재를 통해 방화 사건의 진범이 밝혀지면, 그 진범이라는 놈이 가만히 있을까요? 죽을 때 죽더라도 혼자 죽지는 않겠다는 게 사람 맘인데."

"하지만 밝히는 데에 훨씬 더 많은 시간이 걸리겠지요."

송범준 형사는 이런 상황을 아주 잘 알았다. 그렇기에 더 조급증이 오는 거였다.

정석화가 송범준 형사의 말을 듣고 심난함을 느끼는 사이, 베이비시터가 아이의 방에서 나왔다. 잠에서 깬 이혁과 함께였다.

"아저씨, 우리 아빠 또 일 나갔어요? 언제 와?"

이혁은 한쪽 손에 작은 인형을 들고 있었다. 아이가 집에 있을 때마다 들고 다니는 애착 인형이었는데, 이혁재의 부재에 익숙한 듯 이혁은 울지 않았다.

정석화는 떨리는 목소리로 입을 열었다.

"음⋯⋯. 아빠는 저어기 멀리 출장 갔거든. 열 밤 정도 자면 올 거야. 그동안 아저씨랑 같이 있을까?"

"우리 집에서 기다리는 거야?"

아이의 물음에 정석화가 송범준 형사의 눈치를 살폈다. 현장 분석은 마쳤으니, 이이의 방만 사용한다면 괜찮을 것이라는 그의 말에 정석화는 아이에게 말했다.

"그럼, 아저씨 혁이 방에서 같이 자도 돼?"

"응!"

아무것도 모르는 이혁은 말간 얼굴로 반겼다.

**

정석화는 아이의 방에서 자고 일어났다. 혼자 살고 있음에도 불구하고 음식 솜씨가 전혀 없는 그가 선택한 것은 소위 '엄마 찬스'다.

정석화는 아이를 데리고 본가에 갔다.

"엄마, 나 아침 좀."

뻔뻔하게 아침을 요구하는 30대 중반의 아들을 향해 눈을 흘기던 모친은 뒤따라 들어오는 아이의 존재에 소스라치게 놀랐다.

떨리는 목소리에 흔들리는 눈동자. 배신을 당한 듯한 표정.

"⋯⋯설마⋯⋯, 아니지? 아들?"

무엇보다 의심이 역력한 대사에, 정석화가 불퉁한 목소리를

불타지 않은

냈다.

"뭐, 그런 쓸데없는 생각을! ……친구네 아인데, 급한 일이 있어서 며칠 돌봐주기로 했어요. 밥이나 줘요. 나랑 애랑 어제 저녁부터 아무것도 못 먹었어."

정석화의 모친은 배가 고프다는 아들의 말에 자동으로 반응했다. 다소 의심 섞인 눈으로 정석화를 쳐다보기는 했으나, 아이의 수저에는 알뜰살뜰 생선을 발라줬다. 한쪽 손에는 인형을, 또 한쪽 손에는 수저를 든 아이는 가리는 것 없이 잘 먹었다.

정석화는 웃는 얼굴로 이혁을 보다가 모친과 눈이 마주쳤다. 모친의 눈에는 의심이 가득했다. 울컥, 치밀어 오르는 것도 잠시다. 아이의 상황을 설명하기도 그래서 정석화는 그냥 입을 다물고 밥공기를 비웠다. 모친의 의심을 반찬 삼아 밥공기를 비우고 있을 때, 전화가 울렸다.

송범준 형사다.

이른 시간에 전화를 할 정도면 제법 중요한 일이겠다 싶어 베란다에 나갔다. 전화를 받았다.

[이혁재가 의식을 찾았어요!]

약 기운이 아직 가시질 않아 몸을 움직이기는 힘들다고는 했으나, 충분히 좋은 소식이었다.

정석화는 안도의 한숨을 내쉬는 한편, 자세한 상황을 물었다.

"제대로 몸을 움직이는 데까지 얼마나 걸릴까요?"

[글쎄……. 그건 약 기운이 언제 빠지느냐에 따라 다르다고 하던데, 사람마다 다른 거라서요. 아! 그래도 이혁재 씨가 이혁

의 친권자라는 입장을 고려해, 아이는 저희 측과 의논해, 정석화 씨가 잘 데리고 있다고 말은 해줬습니다.]

이혁재가 과연 이를 순수하게 받아들였을까, 하는 의문이 들긴 했으나 정석화는 이에 대해 더는 언급하지 않았다. 대신 이혁재가 하루라도 빨리 털고 일어나길 바라는 마음으로 물었다.

"그래도 대략적으로 걸리는 시간이라는 게 있지 않습니까?"

[그래도 의사는 한 일주일 걸린다더군요.]

생각보다 길지 않은 것 같아서 정석화는 안도의 한숨을 내쉬었다.

"그럼 그동안에는 제가 아이를 맡고 있겠습니다. 괜찮으시죠?"

[그래 주시면 저희야 좋지요. 하지만 정석화 씨는 괜찮으시겠습니까?]

결혼도 안 한 총각이 어린아이를 맡는 것은 큰 부담이다. 게다가 정석화는 경찰도, 어린이집 선생님도 아니지 않나.

송범준 형사는 무거운 마음에 대안을 제시했다.

[이혁재의 생명에 지장도 없고, 그가 고용한 베이비시터도 있습니다.]

아이의 아버지인 이혁재도 베이비시터에게 아이를 맡기는데 남인 정석화가 굳이 아이를 전담하겠다고 나설 필요는 없었다.

하지만 송범준 형사의 권유에도 정석화는 고개를 저었다.

"아니요. 괜찮습니다. 제가 혼자 살기는 해도, 본가가 가까워서 아이와 함께 잠깐 들어와 있어도 되고. 또 저희 어머니도 아이를 좋아하시니까요."

자신을 의심의 눈초리로 살피는 모친을 생각하며, 정석화가 짓궂은 표정으로 웃었다. 송범준 형사의 또 다른 말이 그의 귀에 꽂힌 건 그때였다.

"네? 혁이를 병원에 데리고 오라고요?"

[네. 이혁재가 아이를 애타게 찾네요.]

정석화는 송범준 형사의 말에서, 이혁재가 아이의 안전에 대해 의심하고 있을지도 모른다는 것을 깨달았다. 동시에 이혁재가 떠올린 생각이 그를 압박하는데 더없이 좋은 상황이라는 것도 깨달았다.

"저야 상관은 없지만, 그러지 않는 게 좋지 않겠어요?"

형사인 송범준 형사 입장에서는 이혁재가 경찰에 협조할 마음이 들기 전까지 아이를 보여주지 않는 게 더 유리할 터였다.

몸도 제대로 가눌 수 없는 이혁재의 모습을 아이가 보게 된다면, 아이에게 트라우마가 될지도 모른다. 정석화는 아이에게 상처가 되는 행동을 원하지 않았다.

"이혁재가 몸을 움직일 수 있을 때까지는 아이와의 만남을 자제하도록 하는 게 어때요?"

이혁재가 몸을 움직일 수 있을 때까지는 약 일주일 정도의 시간이 있었다.

이 정도 기간이면 이혁재 역시 경찰에 협조할 마음이 들 터였다. 아니, 경찰 측에서 그런 마음이 들게 압박할 터였다.

정석화가 자기 생각을 말하니 송범준 형사는 좀 질색한 목소리로 말했다.

[……거, 정석화 씨 그렇게 안 봤는데. 사람이 좀 비열한 구석이 있네요.]

"내가 뭘 어쨌다고 그럽니까?"

정석화의 목소리는 양심에 찔려 움츠러들었다.

[진범에게 살해 위협까지 당한 마당에 이혁재가 설마 경찰에게 비협조적이겠습니까?]

"그럼, 다행이구요."

[이혁재가 자신의 죄를 일부 경감하는 조건으로 방화 사건의 진범이 자백하는 영상을 제공하겠답니다. 그리고 그걸 줄 테니, 아이를 데려오라고 합니다.]

하여튼 이혁재는 가족이라면 끔찍한 남자다.

"잘 됐네요. 하지만 걱정이고요. 이혁재가 무사히 증언을 해준답니까?"

이혁재는 진범에게 약점을 잡혔으니, 아이의 무사함만 확인하고 말을 바꿀 가능성도 있었다.

[그건 걱정 마세요. 그런 건 아닌 것 같으니까.]

"그걸 어떻게 확신하죠?"

[그 아이가 진범에 대한 증거를 가지고 있다고 하니 어떻게 하겠어요. 그냥 아이를 데려다주는 수밖에요. 그 몸으로 도망가기도 힘들 테고요. 그리고 이혁재가 거짓말을 했다면 그건 그거 나름대로 취조를 할 만한 단초를 제공하는 셈일 겁니다.]

한마디로 믿어봐야 본전이라는 소리였다. 정석화는 그 말에

불타지 않은

마냥 동의할 수만은 없었다.

"말도 안 돼요. 전 이혁재가 실려 간 직후 아이와 한 번도 떨어져 본 적이 없는데, 아이가 증거가 될 만한 걸 가지고 있다고요?"

정석화는 이혁재가 거짓말을 하는 게 틀림없다고 생각했다.

[뭐, 솔직히 나도 이혁재가 진실만 말하고 있다고 생각하지는 않아요. 하지만 원래 애들은 거짓말을 잘 못 하는 법이니까. 정 안 되면 아이를 상대로 물어보는 방법도 있지요.]

"아이를 상대로 취조를 하겠다는 겁니까? 애가 뭘 안다고."

[취조가 아니라 그냥 묻는 거지요. 그리고 어차피 이혁재는 병원에 있지 않습니까. 이혁재의 협조는 시간문제입니다.]

"그게 무슨······! 애가 가지고 있는 거라고는 곰 인형밖에?!"

곰 인형? 섬광 같은 깨달음이었다. 정석화는 어쩌면 방화 사건에 대한 증거를 곰 인형에 숨겨놨을지도 모른다는 생각을 했다.

정석화는 자신이 통화 중이라는 사실도 잊고 베란다를 나섰다. 그리고 식사를 미치고 누룽지 사탕을 우물거리는 아이에게서 인형을 빼앗았다.

"안 돼! 이거 혁이 아빠 꺼란 말이야!"

혁이가 울먹이며 소리쳤지만, 그렇기에 더 확신이 생겼다.

정석화는 못 들은 척했다. 그의 모친이 아이의 울음을 듣고 정석화가 가져간 인형에 손을 뻗었다.

모친보다 정석화의 행동이 더 빨랐다. 정석화는 인형에서 엉성하게 엮인 실밥을 찾아내 그것을 찢었다.

그리고 찢어진 곰 인형 사이에서 테이프로 꽁꽁 감싼 무언가
를 발견했다.

**

그는 주변을 주의 깊게 살폈다. 나이트 근무를 서는 간호사
들은 그에 대해 별로 신경 쓰지 않았다.

"멍청한 것들!"

그는 앞으로 병원에서 벌어질 상황노 심작하지 못하고, 시간
이나 때우는 그들을 비웃으며 이혁재의 병실을 찾았다. 구석진
곳에 위치해 제법 음침한 분위기까지 풍겼다.

그는 내심 쾌재를 불렀다. 이혁재의 병실이 1인실이고, 외진
곳에 있었으며, 지키는 이조차 없어 고요했다. 하지만 그는 방
심하지 않고 이혁재의 병실을 주시했다.

그는 경찰들이 주변에서 잠복을 하고 있을 가능성이 있다고
보고 인내심 있게 주변을 살폈다. 하지만 20분이 지나고 30분
이 지나도 이혁재의 병실로 다가오는 사람은 없었다.

아무리 범인이라고 생각한다지만, 경찰 새끼들은 이 찌질이
가 죽든지 말든지 상관 안 한다는 건가? 그의 입장에서는 이런
안일한 경찰의 태도가 고마웠지만, 내심 못마땅했다. 이래서
우리나라 공무원들은 안된다니까. 그런 무사안일주의가 나라
를 망치는 것도 모르고……

그는 혀를 차며 간호사실이 있는 방향을 주시했다.

불타지 않은

이른 저녁 시간임에도 환자실은 소등되었다.

그가 병원 내에 이혁재에 대한 소문을 냈기 때문인지, 간호사들은 다인실만 들락거릴 뿐. 이혁재의 병실이 있는 방향으로는 고개도 돌리지 않았다. 꺼림칙해서 일 것이다.

아무리 생각해도 이혁재에 대해 소문을 낸 것은 신의 한 수였다. 그는 스스로를 칭찬하며 병실 문을 열었다.

불 꺼진 병실은 어두웠고, 복도에서 반사되는 빛을 통해 보이는 것은 그의 반지가 다였다. 병실은 그저 기계 소리만이 가득했다. 아무도 없다는 것을 확인한 그는 이혁재의 침대로 다가갔다.

이혁재는 등을 돌리고 태평하게도 잠을 자고 있었다. 잘 됐다. 그는 이전에 이혁재에게 받아 둔 인슐린을 링거에 주입했다.

그리고 마지막 인사를 했다. 어리석은 자에게 하는 인사에 다정함은 없었다.

"멍청한 새끼. 그러니까 혼자 안고 가면 목숨은 건질 거 아냐. ……잘 가라."

그는 주사액을 주입하고 미련 없이 몸을 돌렸다.

그때, 누군가가 그의 팔을 잡으며 말했다.

"그런 너는? 사람을 몇이나 죽여 놓고 잠이 오냐?"

그의 팔을 잡은 자의 목소리는 이혁재의 것과 달랐다.

뭔가 잘못되었음을 느낀 그는 팔을 뿌리치려 했다. 하지만 그보다 먼저 경찰들이 들이닥쳤다. 그는 도망칠 새도 없이 잡혔다.

불을 켰다. 그리고 여러 명의 경찰들로 인해 옴짝달싹 못 하는 이가 눈에 들어왔다. 두 차례의 방화 사건과 이혁재를 자살로 위장해 살해하려 한 범인.

김지훈이었다.

**

정석화는 긴박한 상황에서도 김지훈에게 말을 걸었다.

"수학올림피아드에 나갔었죠?"

경찰들에게 양팔을 붙잡힌 김지훈은 존댓말도 잊고 소리쳤다.

"뭐? 갑자기 그게 무슨 개 소리야!"

정석화는 그의 태도를 문제 삼는 대신, 하고 싶은 말을 뱉었다.

"전에, 김지훈 군이 수학올림피아드 나갔을 때 신입 기자 두 명이랑 인터뷰한 적 있었죠? 그게 나였어요. 난 잠깐 얼굴만 비치고 가서 기억이 안 날지도 모르지만요."

수학올림피아드를 언급하자 무언가를 깨달은 듯, 김지훈이 짧게 탄식했다.

"아……! 그게 당신이라고요?"

"정확히 말하면 저와 제 친구죠."

정석화는 어느새 수갑을 찬 김지훈을 물끄러미 바라봤다.

하지만 곧 눈을 감았다. 부유하진 않아도 영특하고 행복해 보였던 김지훈의 어린 시절이 떠올라서였다.

"그저 잠깐 마주했던 것뿐이지만, 그때의 당신은 정말 맑았

불타지 않은

어요. 하나뿐인 어머니를 아끼는 마음도 엿보였고요. 그래서 기회를 주고 싶어요."

"기회라니?"

"자백할 기회요……."

이혁재가 모든 증거를 제출한 상황에서 범죄를 부인해 봐야 소용이 없을 것이다. 하지만 정석화는 마지막 순간에라도 김지훈이 자신이 벌인 일들을 후회하고 책임지길 바랐다.

김지훈은 동요한 기색이 역력했다. 그것도 잠시, 감정을 삭인 김지훈이 입을 열었다.

"무슨 말인지 모르겠군요."

긴장감은 숨기기 힘들었다. 미처 숨기지 못한 마음이 김지훈의 파르르 떨리는 입가에 남아 있었다.

송범준 형사는 그 부분을 놓치지 않았다.

"이혁재 씨가 전부 다 자백했어요. 게다가 당신이 이혁재와 함께 대화를 나누었던 것을 녹음한 파일. 자신의 차, 블랙박스에 남아 있던 범죄 공모인지 협박인지 모를 동영상……. 전부다 제출했어요. 당신이 범인이라는 증거를 찾아냈다는 게 더 정확할 겁니다."

김지훈은 흔들리는 눈동자를 다잡았다.

"제가 범인이라는 증거를 찾아냈다니, 그게 무슨 말씀인지 모르겠습니다."

김지훈의 목소리는 낮고 부드러웠다. 억울함이 담긴 듯도 했다. 정석화가 찾아낸 증거가 없었다면 속아 넘어갔을 정도로 무고한 목소리였다.

"이제 그만하세요. 401호 의사 양반은 이미 다 자백했습니다."

"자백? 자백이라니요? 저는 형사님이 무슨 말씀을 하시는지 진짜 모르겠어요."

김지훈은 괴로워했다. 아니, 괴로워하는 것처럼 보였다.

송범준 형사는 김지훈의 모습이 가증스러웠다.

"모르면 내가 말해 주지. 진범인 당신이 행한 범죄와 범행 도구를 구한 방법까지 말이야."

"우선 당신은 모종의 방법으로 이혁재가 실종된 송아희를 죽였다는 것을 알아냈지. 그리고 그와 당신의 상황이 다른 듯, 비슷하다는 사실을 알아냈어. 이용할 만한 가치가 있다고 여겼겠지."

게다가 이혁재는 모친과 복잡한 이해관계가 얽혀 있어서 그 대신 범인으로 만들기도 쉬울 터였다.

"당신은 이혁재를 당신 대신 범인이 되어줄 놈으로 만들기 위해 이혁재를 협박했어. 동시에 미끼도 흔들었지. 범행 과정에서 이혁재의 범행 사실을 알고 있던 모친까지 함께 제거해 주겠다고. 이혁재를 쥐고 흔드는 건 쉬웠을 거야."

'당신과 모친의 상황을 알고 있다. 아이에게 할머니의 존재는 너무 위협적이다. 아이를 정서적으로 학대하는 할머니는 필요하지 않다.'

이런 말들로 이혁재를 범행에 끌어들였다면 이혁재를 속이는 것은 어렵지 않았을 터다.

이혁재는 모친과의 다툼을 막기 위해서라지만 송아희를 죽인 자신의 행동에 죄책감을 가지고 있었다. 최선을 다해 아들 혁이를 키우는 것으로 속죄하고자 했다. 하지만 김지훈이 이혁재의 아내 송아희가 살해당했다는 증거를 갖고 있었다.

이혁재는 그것이 드러나는 것을 바라지 않았다. 자신이 감옥에 들어가는 것도 싫었겠지만, 이혁재의 말로는 제일 큰 이유가 자신의 아이인 이혁 때문이라고 했다.

자신의 아이를 살인자의 자식으로 만들고 싶지 않았기 때문에—.

비록 자백보다는 모친의 뒤에 숨어 자신의 범행을 숨긴 사람이지만, 나름의 부성애를 가진 것이다.

이혁재에게는 선택의 여지는 없었다. 그래서 범행에서 사용하고 남은 시너를 버리라는 김지훈의 말에 산책로로 간 것이다.

김정희가 사고를 당한 그 산책로.

이혁재는 김지훈의 범행을 알고 있었고, 자신이 범행에 이용된 시너를 버린다는 것이 어떤 의미를 갖는지 알았다. 그래서 한참을 망설였다.

김지훈은 머뭇거리는 이혁재가 답답했다. 결국 이혁재를 다그치다 지친 김지훈이 시너를 버렸다.

하지만 문제가 생겼다.

"방화에 쓰인 시너를 버리는 과정을 산책로 방화 피해자인 김정희가 보고 말았습니다. 그 순간 당신은 그를 기절시키고 시너를 버리는 과정을 목격한 김정희를 죽이려 했어요."

하지만 실패했다.

"김정희는 살아남았어요. 게다가 자신이 공격당했다는 사실은 잊은 채였죠. 아마 김지훈 당신도, 이혁재 씨도. 좋은 쪽이든, 나쁜 쪽이든 간에, 안심했을 거예요. 하지만 완전히 마음을 놓기는 힘들었겠죠. 당신들의 얼굴을 김정희가 봤을까 봐."

"……."

그때 이혁재는 불안감에 평생을 사느니 자백한 후 방화로 입은 재산상의 손해를 보상하는 것이 더 낫다고 생각했다. 그러니 모친 김귀자의 재산을 물려받아 원만하게 합의한다면 의사 면허를 가진 자신이 재기하는 것은 어렵지 않을 거라는 계산도 있었다.

"김지훈 씨 당신이 옆에서 말리지 않았다면 이혁재는 자백을 통해 감형을 시도했을지도 몰라요. 아니, 분명 그렇게 했을 거에요. 당신이 이혁재의 아들을 언급하며 설득하지만 않았다면요."

김지훈은 이혁재를 설득했다.

"만일 당신이 교도소에 들어가면 아이는 범죄자의 자식이 된다, 아무리 핏줄이라지만 살인자의 자식을 맡아주려는 사람은 없을 거다, 하는 말을 하지 않았다면 그랬을 거라고 했습니다."

생명의 위협을 느낀 이혁재는 기꺼이 경찰에 협조했다.

송범준 형사는 이혁재의 자백과 제공한 증거를 바탕으로, 김지훈의 범행을 파헤쳤다. 그럼에도 김지훈은 자신의 범행이 아니라 잡아뗐다.

"하. 어이가 없네요. 옆집 형님만 소설가인 줄 알았는데, 형사님이 부업으로 글도 쓰시나 보죠?"

불타지 않은

이죽거리는 모양새에 송범준 형사의 얼굴이 붉어졌다. 이를 본 김지훈의 입꼬리가 올라갔다.

"그래……. 형사님이 기자였던 옆집 소설가 형님한테 제 상황을 들었다면 제가 범행을 저지를 만한 충분한 근거가 있다는 건 아셨겠죠. 하지만 말입니다. 뭔가 잊지 않았습니까?"

김지훈은 자신만만했다.

"……무슨 말을 하고 싶은 겁니까?"

"시너요. 내 구입 내역을 샅샅이 뒤져 보세요. 난 범행에 쓰였다는 시너를 한 번도 구입한 적이 없으니까요. 그건 어떻게 설명할 생각입니까? 설마 내가 어디, 철물점 같은 데라도 가서 시너를 훔쳤다고 할 겁니까?"

"아니요. 당신은 그럴 필요가 없어요. 당신한테는 누나인 김지영 씨가 있으니까요."

"하! 설마 당신들 누나를 의심하고 있으면서 나한테 범인이라는 프레임을 씌울 생각이었나?"

"그게 아닙니다."

정석화가 말을 잘랐다. 하지만 그가 말을 잇기도 전에 김지훈이 반박했다.

"그게 아니긴. 하! 짭새들, 헛다리 짚는 게 다 그렇지, 뭐."

김지훈의 말에 송범준 형사가 발끈했다.

"뭐어? 헛다리? 헛다리라고!"

사실, 헛다리를 짚기는 했지만 경찰 측의 의심은 반쯤 맞았다. 김지훈이 범행에 쓰인 시너를 구한 것은 김지훈의 누나 김지영이 근무하는 소방서에서였기 때문이다.

"누나가 근무하는 장소에서 시녀를 훔치다니……. 누나의 입장 같은 건 생각지도 않았나요?"

적어도 김지영은 그런 인간은 아니었다. 자신이 근무하는 소방서에서 사라진 시녀에 대해 전해 듣고는 얼굴이 창백해졌으니까. 자신이 유력 용의자가 될 줄을 알고 있음에도 침묵하고 도망가 버린 것은 아마 동생을 감싸기 위해서였을 터다.

"무슨 말인 줄 통 모르겠고, 거 되게 불쾌하네. 내가 왜 이웃일 뿐인 당신에게 영분도 모를 취조를 당해야 하는지 모르겠다고……. 그만 가보겠습니다."

잔뜩 굳은 얼굴을 한 김지훈이 몸을 틀어 밖으로 향했다. 하지만 나갈 수는 없었다.

몰래 잠입해 있던 경찰들은 어느새 김지훈의 팔을 양쪽에서 붙잡았다.

특히, 함정수사를 위해 이혁재 대신 환자복을 입고 누워 있던 형사가 침대에서 일어나 김지훈의 어깨를 잡아 눌렀다.

"앉아. 이 새끼야."

낮은 목소리로 위협하는 모양새에 김지훈이 걸음을 멈췄다.

정석화는 형사를 말리는 대신, 김지훈이 어떻게 범행을 저지르게 되었는지를 나열하기 시작했다.

"당신은 이사하기 전, 집주인이 직접 했다는 도배 장판에서 이상한 부분을 발견했죠. 제대로 마감 처리가 되지 않은 부분을 들추다가 피에 절여진 벽과 바닥을 발견했고요. 의문을 가

불타지 않은

졌을 겁니다. 대체 이게 뭐지? 하고. 죄송하지만 김지훈 씨의 학생기록부를 좀 살펴봤습니다. 선생님들은 당신을 호기심과 호승심을 동시에 가진 뛰어난 인재라고 평가하더군요."

김지훈은 수학올림피아드에 한국대표 자격으로 출전할 만큼 비상한 머리를 지녔다. 지금은 비록 휴학 중이지만 의대생이어서 당시 선생들의 평가는 틀리지 않았다. 호기심이 너무 과한 것은 문제가 됐다.

"궁금증을 참지 못한 당신은 남들보다 좋은 머리를 가지고 벽과 바닥에 있는 흔적을 조사하기 시작했어요. 그러다가 문득 떠올려요. 그것이 인간의 혈액일지도 모른다는 것을요. 그리고 그 가설은 맞았죠."

정석화의 거주지이기도 한 바른 아파트는 조용한 동네지만, 원래 발 없는 말이 천 리를 가는 법이다. 소문은 돌고 돌았다. 김지훈은 전 거주자이자 전 소유주이기도 한 이혁재의 부인이 집을 나갔다는 소문을 듣게 된다.

"김지훈 당신은 갑자기 집을 나갔다거나 이혼했다는 일련의 소문들 안에서 이혁재의 전 부인, 송아희의 실종을 알게 됐어요. 그리고 깨달았죠. 송아희의 실종이 절대 우연일 수 없다는 사실을요. 송아희가 단순한 실종이 아니란 걸 추측해낸 거죠."

송범준 형사의 목소리가 떨렸다.

한편, 이혁재는 고부갈등을 제대로 중재하지 못해 살인으로까지 이어진 상황에 자책감을 품고 있었다.

"당신은 대담한 인물이었죠. 그리고 똑똑한 당신이 상황을 파악하기는 쉬웠을 거예요. 휴학 중이긴 하지만 의대생인 당신이 리모델링한 집에서 발견한 혈액을 분석하는 건 아무것도 아니었으니까."

지금은 돈만 주면 쉽게 친자 확인까지 할 수 있는 세상이고 이혁재의 아이 이혁에게 접근해 손쉽게 손에 넣은 머리카락으로 송아희의 혈액이란 걸 알았을 것이다. 그리고 김지훈은 김귀자와 이혁재가 401호를 직접 리모델링 했다는 사실을 떠올리고는 송아희가 집 어딘가 있을 거라고 생각했다. 김지훈의 예상은 적중했고 이혁재는 김지훈의 손아귀에 넘어가게 된 것이다.

김지훈이 이혁재의 약점을 손아귀에 넣었으니 하수인으로 부리는 건 수월했을 것이다.

정석화는 이혁재가 협박당했다고 말했던 이유를 이제야 알았다.

"그래서 김지훈 당신은 신고조차 하지 못했던 이혁재를 당신의 계획에 써먹기로 한 겁니다."

사실 이혁재도 마냥 나쁜 조건은 아니었다. 자신의 부인을 살해해 시체를 벽에 파묻은 모친을, 그 집을 팔아버린 용서할 수 없는 모친을 제거할 수 있는 기회였으니까.

원한은 가졌지만 실행력은 없는 인물과 실행력은 있으나 하수인이 필요한 둘이 만났으니 이해관계가 맞아떨어졌다. 알리바이를 위해 정석화와의 약속 장소로 가기 전에 김지훈의 말대로 403호에 촛불 하나만 켜 놓으면 된다. 시녀는 김지훈 그가 혈연관계인 누나 김지영을 통해 빼돌려 둔 상태였으니까.

자신의 아이를 괄시하는 모친도 제거할 수 있고, 모친이 쥐고 있던 재산도 상속받을 수 있게 될 것이다. 이혁재는 내심 잘됐다고 생각했을 것이다. 김지훈이 자신을 살인 용의자로 만들고자 하지만 않았다면 말이다.

"이혁재를 자살로 죽이려 했던 건 좋은 선택이 아니었어요. 당신은 양초, 중간에 이쑤시개를 평평하게 꽂았어요. 그리고 바닥을 뚫은 종이컵을 고정시켰죠. 그다음은 바닥에 시너를 뿌린 뒤 나오기만 하면 되는 거였죠. 그 뒤는 이혁재에게 명령하면 될 테니까요."

이혁재는 미리 챙겨 놓은 수면제를 이용해 자신의 모친을 잠재웠다. 김지훈의 명령에 따라 그의 부친에게는 링거를 통해 수면제를 투입했다.

그 후로는 모든 게 간단했다. 이혁재의 알리바이는 함께 식사하기로 한 정석화가 확인해 줄 테니까, 신경 쓸 것은 없었다.

정석화는 나름의 선의를 베푼 것이 범죄의 알리바이에 악용되었다는 생각에 입이 썼다.

송범준 형사는 김지훈을 몰아붙였다.

"김지훈 씨. 우리는 비밀리에 당신의 주변 인물들에 접촉했습니다. 그리고 그중 의사 한 명이 당신이 제공한 벽지에서 발견된 혈액을 분석해줬다고 진술했습니다."

혈액 분석을 위해 대학원 연구실을 이용한 증거가 그대로 남아 있었다. 송범준 형사가 발견한 증거는 김지훈이 이혁재를 협박했다는 증거가 될 수 있을 것이었다.

김지훈은 안도하는 송범준 형사의 모습에 코웃음을 쳤다.

"나이 때문에 귀가 어두우십니까? 전 잘 모르는 일이라고 했을 텐데요."

순간, 모멸감을 느낀 송범준 형사가 김지훈을 위협했다.

"지금이라도 자백하는 게 좋을 겁니다. 경고하지만 난 지금 김지훈, 널 구치소에 집어넣고 싶어 미칠 지경이거든."

"씨발. 그럼 처넣던가."

"뭐?! 이 새끼가 진짜. 현행범으로 잡힌 살인자 새끼가 뭘 잘했다고!"

김지훈은 수갑을 찼음에도 전혀 기죽지 않았다. 게다가 방화에 대해서는 모르쇠로 일관했다.

"아, 네. 현행범 맞죠. 제가 이혁재를 죽이려고 했습니다. 하지만 상황을 보아하니 이혁재는 죽지 않은 것 같은데……. 제가 왜 살인잡니까?"

"뭐?! 니가 저지른 화재 때문에 죽은 사람이 몇인 줄 알아?"

"아, 글쎄. 난 모르는 일이라고. 놔! 이거 안 놔!"

김지훈이 버둥거리자, 그를 양옆에서 잡고 있던 형사들이 수갑을 채워 그를 끌었다.

"아! 씨발! 아프다고! 아! 아악!"

아프다며 소리치는 김지훈에게, 형사들은 미란다 원칙을 고지했다.

정석화는 그 모습이 씁쓸하면서도 안타까워서 물었다.

불타지 않은

"김지훈 씨. 10년 전을 기억해요?"

"……?!"

"그 당시, 당신은 공부도 잘하고, 반항적인 사춘기에도 부모님 속을 썩이지 않는, 그런 착한 아이였어요. 가족을 사랑하는……. 그런데, 그런데 왜?"

차마 말을 잇지 못하는 정석화의 눈에 눈물이 흘러내렸다. 송범준 형사는 안타깝게 바라봤지만 김지훈은 그저 피식, 하고 웃었다.

"당신은 왜 자신의 아비를 죽이기 위해 수단과 방법을 가리지 않는 살인자가 되었을까요? 왜 그런 잘못된 선택을 할 수밖에 없었을까. 당신은 그런 사람이 아니었는데……."

탄식하는 정석화의 목소리가 잘게 떨렸다.

"잘못된 선택이라고?! ……하! 웃기지 마. 그건 내 인생에서 가장 올바른 선택이었어."

"올바른 선택이라고?"

"내 아버지라는 인간이 어떤 인간이었는데! 마누라고 새끼고 존나게 패다가 집 나가서 도박하고 빚만 남긴 인간이지. 아프니까 집구석에 기어들어 온 쓰레기 같은 인간. ……내가, 그리고 엄마랑 누나가 그 인간 때문에 얼마나 힘들었는지 알기나 해?"

평탄한 집에서 살아온 당신 같은 인간들은 절대로 내 마음을 모른다며, 악다구니를 쓰는 김지훈의 팔을 움켜쥔 형사들에게 손짓했다. 김지훈이 버둥거렸다.

"다 당신 때문이야! 당신이랑 당신 친구 때문이라고! 당신들이 신문기사를 내지만 않았어도……, 그걸 보고 내 아버지라는 인간이 찾아오지만 않았어도……, 내가 이렇게 진창을 구르지는 않았을 거라고!"

악다구니를 쓰던 김지훈이 끌려 나간 병실에는 정적만이 남았다.

정석화가 할 수 있는 일은 그저 김지훈이 나선 문을 고통스러운 눈으로 바라보는 것뿐이었다.

불타지 않은

에필로그

김지훈이 검거되고, 이혁재의 죄가 밝혀진 지도 3개월가량
이 지났다. 그 사이 정석화와 바른 아파트 사람들에게는 많은
일이 있었다.

우선 이혁재의 재판이 있었다.

이혁재는 방화 사건의 진범을 잡는데 협조했던 점과 그 역시
진범에게 협박을 당했던 피해자라는 점을 참작해 빠른 재판이
이루어졌고 징역 5년을 선고받았다.

물론 모든 사람이 협조적인 것은 아니었다. 김지훈 검거 이
전에 이미 범인이 자신의 동생임을 직감했을 김지영, 사건의
진범인 김지훈은 비협조적이었다. 그의 재판은 아직도 현재진
행형이다. 하지만 이혁재의 협조 덕에 조만간 원만하게 결판이
날 것 같기는 하다.

한편, 이혁재 전 부인 송아희의 시체는 잘 수습되어 바다에
뿌려졌다. 이혁이 성장해 자신의 친모 죽음에 대한 배경을 알
게 된다면 어떻게 될지 알 수 없었다.

정석화는 아무것도 모르는 아이가 상처받는 일만은 없기를

바라는 마음으로 이혁을 잠시나마 맡았다. 모친 역시 아이와 정이 많이 들기도 했기 때문에 아이를 맡는 것을 지지했다. 덕분에 정석화는 위탁 가정이 정해질 때까지 이혁을 돌볼 수 있게 됐다.

아이를 돌보고 있노라면 김지훈이 떠올랐다. 구속되기 전에 그가 했던 악의 어린 말들이 떠오르기도 했지만 그뿐이었다.

그러던 어느 날, 오랜만에 송범준 형사에게서 연락이 왔다.

403호 전 세입자인 유종민의 부모가 아이를 맡기로 했다는 소식이다. 정석화는 기쁜 마음에 유종민의 가게를 찾았다. 갑작스러운 정석화의 방문에도 유종민은 놀라지 않았다.

"오랜만에 오셨네요. 식사하셨습니까?"

"……아니요, 전……."

정석화가 말을 하려는데, 유종민은 먼저 주방으로 가 음식을 내왔다.

"저번처럼 식었을 때 먹지 말고 어서 드셔 보세요. 식으면 맛이 덜합니다."

얼떨결에 밥상을 받은 정석화는 좀처럼 수저를 들 수 없었다. 유종민이 이혁을 보호하기로 했다는 것에 대해 쉽게 물을 수도 없었다.

유종민이 이혁재의 아이를 위탁하기로 한 상황을 어떻게 받아들여야 할까. 그의 부인이 사망한 이유가 이혁재의 살인 사건 때문이라고 생각해 악의를 품고 있다면 어떻게 해야 할까.

이런저런 생각들이 정석화의 머릿속을 유영하고 있는데, 유

불타지 않은

종민이 먼저 입을 열었다.

"제가 왜 부모님까지 동원해서 이혁재 아들을 맡고 싶어 하는지 그게 궁금해서 오신 거죠?"

"……네."

"그냥 모든 게 저와 제 와이프 때문인 거 같아서요."

"그게 무슨 말씀이신지?"

"제 아내가 이혁재 선생님의 살인을 목격해서 심장마비가 왔을지도 모른다는 걸 알아요. 하지만 이상하죠? 난 이혁재 선생님이나 혁이를 원망만 할 수는 없을 듯해요."

정석화는 유종민의 말을 이해할 수 없었다. 한동안 조용히 바라만 봤다. 말이 없음에도 유종민은 정석화가 하려는 말을 다 아는 듯했다.

"그 사람이 고부갈등을 제대로 중재하지 못한 우유부단한 사람일지는 몰라도, 나쁜 사람은 아니었거든요."

"나쁜 사람은 아니다?"

"……네. 이유와 상황이 어찌 되었든 이혁재 선생님은 제 아내를 구하려 했습니다. 그 결과 제 아내는 뇌졸중으로 말은 할 수 없었지만 3일을 더 살았죠. 만일, 제 아내가 뇌졸중이 아니었다면, 말을 할 수 있었다면 그분의 살인은 바로 드러났을 거예요."

유종민의 아내는 심장 수술 후 퇴원한 지 얼마 되지 않았고, 이혁재는 이 부분을 잘 알고 있었다. 이혁재가 근무했던 병원에서 수술을 받은 때문이기도 했지만, 출퇴근길에 유종민으로

부터 직접 듣기도 했다. 그러니 아내가 쓰러졌을 때, 이혁재가 모른 척했다고 해도 아무도 그를 의심하지 않았을 것이다.

하지만 이혁재는 유종민의 아내를 살리려 했다. 그것이 자신의 인생에 큰 악재가 될지라도.

"제 아내가 3년 전에 살아났다면, 그래서 범행이 밝혀졌다면 그는 절내 김시훈의 범행에 가담하지 않았을 겁니다. 그래서예요. 제가 그 아이를 맡기로 한 건……."

정석화는 그의 얼굴을 직시했다. 아이에 대한 악의는 없어 보였지만, 이미 결정된 행정상의 처분이 바뀌진 않겠지만 그래도 걱정스러웠다.

"저기……, 그럼 아이는 괜찮다는……."

"아이는 아무 죄가 없잖아요. 저는 그 아이가 밉지 않아요. 또 귀엽기도 하고."

"아, 네."

"저는 그저, 이혁재 씨한테 이제 괜찮다는 말을 해주고 싶은 것뿐이에요."

단지 그것뿐이라는 유종민의 모습은 너무도 평화로워 보였다.

정석화는 유종민이 차려준 음식을 소리 없이 먹었다.

그리고 조용히 식당을 나왔다.

불타지 않은

필자는 한 보호시설에서 가정폭력과 성폭력 등의 피해를 입은 분들을 지원하는 일을 한다. 이전에는 필명으로 로맨스 소설이나 코지 미스터리도 썼고, SNS를 통해 많은 사람과 소통하며 책도 한 권 출판했다.

이런저런 상황으로 마주하게 되는 사람들의 사연은 실로 다양하다.

순탄치 않은 인생을 듣자면 하나같이 기구하기 짝이 없다. 그들의 고통을 마주할 때면 그들이 행복해지기를 응원했고, 지금도 응원한다.

그들이 조금이라도 행복해지기를 바라며, 유무형의 지지를 보냈다. 그럴 때면 그들은 자신이 이런 도움을 받을 줄은 몰랐다고 말한다.

그 말 한마디가 너무 감사해서 스스로의 행동을 돌아보고는 했다. 그리고는 주변에서 발생되는 고통에 대해 알려고 하지 않았다는 걸 깨닫게 됐다.

이 책을 더 넓은 세상으로 내는 것은 그러한 까닭이다.

절망과 고통 속에서 포기하지 않고 새로운 인생을 준비하는 사람들이 많다.

하지만 포기하고 절망 속에서 사는 사람들도 많다. 그 기로에 선 사람은 더 많고, 때로는 절망과 희망의 기로에서 실수를 하는 사람도 있다.

물론 본인의 인생에 대한 책임은 본인이 져야 한다. 본인이 당했던 폭력과 절망을 누군가에게 전가하는 것 역시 폭력이다. 필자는 이 사실을 잘 알고 있다.

본인의 불행을 전가하는 건 분명 잘못됐고, 필요하다면 처벌도 받아야 할 것이다. 하지만…….

우리가 조금만 이 사람에게 관심을 가지고 지지했다면 이 사람은 실수를 하지 않았을까.

우리의 무관심 속에 누군가의 마음이 죽어가고 있지는 않을까.

우리가 무관심 속에 살았다고, 다른 누군가의 고통에서 무관심하지는 않았을까.

수시로 번민에 빠져든다.

내 주변에 있는 이들의 이야기에 더욱 귀를 기울이며 살아가야겠다.

2023년 가을
김 유 림